13

WORLD TEACHER

異世界式教育エージェント

ネコ光一　Illustration：Nardack

それでも厳重過ぎないかな？
鉄壁都市サンドールへ到着——

だから、
防壁を何重にして
備えているのですね
数年に一度、
魔大陸から魔物が
雪崩込んで来るそうだ

一匹と少女の昼下がり——

ワールド・ティーチャー

異世界式教育エージェント13

ネコ光一

OVERLAP

CONTENTS

Illust:Nardack

《プロローグ》

見聞を広める旅を続けている俺たちは、ヒュプネ大陸を巡る道中で魔物に襲われている有翼人の少女……カレンと出会った。

本来、有翼人は竜の中で最強とも呼ばれる上竜種たちが守る集落から出ないのだが、カレンは様々な不運が重なって外の世界に放り出されてしまったのである。

そんなカレンを保護し、色々ありながらも無事に有翼人の集落へ送り届ける事が出来たのだが、カレンの母親と本人の希望により彼女は俺たちの旅に同行する事になった。

有翼人の集落を出発直後は母親を恋しがって寂しそうにしていたカレンだが、酷《ひど》い目に遭っても外の世界に興味を持つ好奇心の塊みたいな子だけあって、二日も経《た》つ頃には自然な笑みを零《こぼ》せるくらいに元気を取り戻してくれた。

ここまで早くカレンが旅に慣れたのは本人の性格だけでなく、俺の妻になってくれたエミリア、リース、フィアが家族のように接してくれる御蔭《おかげ》だろう。特にフィアのお姉さんぶりというか、細かく世話を焼く姿はまるで子を持つ母親のようだ。

そんなカレンの最近の朝は、レウスと一緒に剣の素振りから始まる。

毎日剣を振っているレウスを見て、カレンもやりたいと言い出したからだ。レウスは俺が素振りをするのを見て剣に興味を持ったので、何だか感慨深い光景でもある。

相変わらず寝起きは悪いカレンだが、以前より少しだけ改善されており、眠気を堪《こら》えながら素振り用の木剣をレウスの隣で振っていた。

「腕だけで振るんじゃなくて、体全体を使って振るのが大事なんだ。こんな風に……な！」

「えい！」

「この一撃で倒してやるって気合いを込めるんだぞ。えい、じゃなくてやーって、伸ばすような声を出してみたらどうだ？」

「にゃーっ！」

声に気合いを入れ過ぎたせいか、どこぞの猫耳人妻を思い出させる掛け声になっている。

しかしどれだけ力を込めようとカレンの素振りは弱々しく、経験のある者からすればただの遊びにしか見えない。カレンが幼いのもあるが、そもそも有翼人という種族は体重が軽く、武器を使って戦う事が向いていないのだ。

なら素振りより魔法の練習をさせるべきだろうが、向いていないからと止《や》めさせるのは間違っていると思う。素振りによって体力と精神を鍛える事も出来るし、無駄になる事はあるまい。

もしカレンが本気で剣を使いたいと言えば、一緒にその先を考えるつもりだ。短所になろうと、カレンの好奇心を抑えるような事はなるべく避けたいのである。

今は何でも挑戦し、様々な経験をしてほしいと願う。

その猫のような気合いが響き渡る素振りと、朝の適度な訓練を済ませてから俺たちは朝食の準備を始めた。

そしてリースとフィアに手伝ってもらいながら朝食を作っていると、カレンは近くの川でエミリアと一緒に洗濯をしていた。

「その布ならもっと力を入れて擦《こす》っても大丈夫ですよ。手ではなく、布同士を擦り合わせるのがコツですね」

「んしょ……これでいい？」

「十分です。ですが、まだ袖の方に汚れが残っていますよ」

「ここもなの？　エミリアお姉ちゃん、厳しい」

「厳しくて結構です。これが終われば蜂蜜を少しだけ用意してあげますから、最後まで頑張りましょう」

「うん！」

俺たちの洗濯は基本的にエミリアがやってくれるのだが、カレンの分は出来る限り自分で洗濯をさせるようにしている。

カレンの母親……フレンダから預かった大切な娘さんを、世話を焼き過ぎたせいでだらしない子に育てるわけにはいかないからな。とはいえ、洗濯は自分でやるべきだと説明した時はカレンから突っ込みが入ったものである。

『あれ？　いつもエミリアお姉ちゃんがやっているけど、先生はお洗濯をしないの？』

『ああ……うん、俺としてはやりたいところなんだが……』

『カレン。主《あるじ》のお世話は私の生き甲斐《がい》なのですから、シリウス様が洗濯をする必要はないのです』

『でも……』

『主と従者とはそういうものなのです。それ以上の説明はございません』

『……うん』

とまあ、普段なら何故《なぜ》そうなのかと質問を重ねるカレンだが、エミリアの凄《すご》みにこれ以上は触れるべきではないと悟ったらしい。

俺たちに慣れつつあるカレンと、厳しくも優しく教育しているエミリアを眺めている内に、俺は自然と笑みを浮かべていた。

「……いいものだな。母さんがエミリアに洗濯を教えていた頃を思い出すよ。ああやって、好きな物で釣ってやる気を出させていたものだ」

「つまり師匠譲りってわけね。その頃のエミリアは何で釣られていたのかしら？」

「カツサンドだったかな？　今は大分冷静だが、当時のエミリアはカレンの蜂蜜のようにカツサンドに夢中でな」

「そのエミリアを私も見てみたかったわね。ちょっと作ってみる？」

「もう、そんな事を言っていたらエミリアが怒るよ」

俺とフィアを非難しながらも、カツサンドに釣られるエミリアを想像してしまったのか、リースもまた笑いを堪え切れず口元を隠していた。

そんな和やかな会話をしながら料理を進めていると、洗濯をしている方角からカレンの大声が響き渡った。

どうやら実家から持ってきたお気に入りの服が破れてしまったらしい。

「うぅ……お気に入りだったのに」

「大分使い込まれた服でしたからね。ですがこれならまだ修繕が可能ですので、後で縫い方を教えてあげますね」

「うん！」

その後、馬車から伸ばした棒に洗濯物を干したところで朝食が完成し、合掌してから皆で食べていたのだが、野菜炒《いた》めを食べていたカレンが苦々しい表情を浮かべていた。

「この野菜、苦い」

「でも食べられないわけじゃないだろう？　体にいい野菜だからちゃんと食べなさい」

「うん……うぅ……」

「その調子よ。あと少しだから頑張るのよ」

「………………」

残った野菜を睨《にら》んでいたカレンだが、途中からそっとリースとレウスの皿に野菜を移していた。

確かにあの二人なら喜んで食べるので、考えとしては悪くはない。その思惑通り、ハラペコ姉弟は仕方がなさそうに野菜へ手を伸ばしているが……そうはさせん。

「っ!? だ、駄目だよ、カレン。ちゃんと自分で食べないとね！」

「そ、そうだぜ！ 苦くても食べないと駄目だよな、うん！」

俺が放った無言の圧力によって野菜は元の皿へと戻り、再びカレンは野菜と相対する事になった。これも必要な事だと心を鬼にしながら見守っていると、カレンが懐から見慣れた容器を取り出していた。

「待て！ さすがにそれは合わないと思うぞ」

「カレンの蜂蜜が！」

炒めた野菜に蜂蜜とか、いつの間に蜂蜜を確保していたんだと突っ込みどころが満載である。

すぐさま蜂蜜を没収し、三度野菜と睨めっこをするカレンに俺は助言する事にした。

「野菜が苦いのはわかるけど、我慢して噛《か》み続けてみなさい。そうすると不思議な事が起こるぞ？」

「本当？ うぅ……ん……あれ？ 甘い？」

この野菜は苦味成分が多く含まれているが、しばらく噛み続けていると奥底に含まれる甘味がゆっくりと染み出てきて甘くなるのだ。だが甘味が出るまでしばらく噛み続けなければならないので、普通ならその前に飲み込んでしまうのである。

そんな不思議な野菜に好奇心が刺激されたのか、先程までの苦手意識が薄れたカレンは次々と口の中へと放り込んで味の変化を楽しみ始めた。

　これならもう大丈夫だろうと静かに見ていると、俺の隣にやってきた姉弟がこっそりと耳打ちをしてきた。

「なあ兄貴。あの野菜って湯通しすれば苦いのが消えるんだろ？　何で今回はそれをしなかったんだ？」

「私も同じ意見です。シリウス様が手を抜くとは思えません」

「こんな野菜があるって事を教えたかったのもあるが、本当は食べ物の傾向を調べてみたかったのさ」

　体が拒絶反応を起こすというのなら別だが、苦手という理由だけで食べないのはもったいない。そのついでにカレンの好みを調べて嫌いな食べ物が見つかれば、徐々に矯正しようとも考えているのだ。

「そういえば、シリウス様に拾われて間もない頃、薬草を絞った苦いジュースを何度か飲まされましたね」

「兄貴の用意した料理ってどれも美味《うま》いけど、あれだけは不味《まず》かったなぁ……」

「そんなに美味《おい》しくなかったかな？　色んな味が混ざって私は嫌いじゃなかったよ」

「リース姉は特殊過ぎるんだよ」

　食事に関しては、一切好き嫌いをせずに食べるリースが理想だろうな。大食いは別としてだが。

「結局のところ、最終的に慣れだな。無心になれば、苦手なものだって平然と食べられるようになるものだ」

前世で超絶に不味い携行食を食べ続けていた経験もあり、どんなに不味くても毒さえなければ食べられるようになったからな。

紛争地帯にいた頃は本当に酷い状況で、煮沸消毒をした革靴を食べる事に抵抗を覚えるどころか逆に美味いと感じたくらいだったし。

「とにかく皆には、苦手なものに悩まされずに食事を楽しんでもらいたい。しっかりと腹が満たされていれば、大抵の出来事は解決出来るものだからな」

「うん、お腹《なか》が空《す》いていると嫌な事ばかり浮かんじゃうしね」

食事は生きる上で、そして成長する上で必ず必要な事なので疎《おろそ》かにしたくないのだ。

これは俺の教育方針として必ず貫くべき事だと決めている。

その御蔭もあって立派に成長した姉弟とリースを眺めながら満足気に頷《うなず》いていると、新たな弟子でもあるカレンが綺麗《きれい》になった皿を掲げていた。

「ご馳走様《ちそうさま》！」

「ふふ、きちんと全部食べたわね。偉いわよ」

「にへー」

俺たちが密《ひそ》かに話し合っている内に食べ終わったカレンは、フィアに頭を撫《な》でてもらってご満悦のようだった。

それから野営の後片付けを済ませ、旅を再開した俺たちは馬車に揺られながら街道を進んでいた。

盗賊や魔物の襲撃も特になく、快晴でのんびりとした空気の中、俺とカレンは御者台に座って魔法の講義を行っていた。

「さて、今日は『ライト』を使ってみようか」

「『ライト』なら、もうカレンは使えるよ？」

「いや、今回使うのは難しい方だ」

まずはお手本とばかりに『ライト』を発動させてから魔力を操作すれば、掌《てのひら》サイズだった光の玉は五つに分散し、俺の周囲を自在に飛び回る。まるで惑星の公転のように飛び交う光の玉を、カレンは茫然《ぼうぜん》と口を開けたまま眺めている。

「これは今まで教えてきた知識の応用編だな。魔力を自在に操り、深いイメージが出来るようになったカレンになら出来る筈《はず》だ」

「何で五個も？　一個でも明るいのに」

「魔力操作の練習だよ。これが出来るようになれば『ライト』の発動が簡単になるし、考えなくても『ライト』を発動し続ける事が可能となるだろう。そうすれば夜でも本が読めるぞ？」

「頑張るっ！」

読書が大好きなカレンだが、夜の間は読まないように言い聞かせてある。

魔道具の明かりが用意されている宿は別だが、野営の焚《た》き木《ぎ》では光量が乏しく目を悪くするからだ。しかし『ライト』を周辺に発動させておけばそれも解決するわけだ。最近は本を読む機会が減ったが、俺は今までそうやってきたからな。

まずは光の玉を二つ同時に生み出すところから始めようとしたのだが……。

「これでもっと本が読める！」

馬車の中から本を持ってきたので、段階をすっ飛ばして試すらしい。やる気に満ち溢《あふ》れたカレンは初《しょ》っ端《ぱな》から全力のようだ。

しかし、まだ無意識に魔法が発動出来ない今のカレンでは当然上手《うま》くいく筈もなく、『ライト』は本を広げると同時に消えていた。

「カレン。魔法が消えているぞ？」

「…………」

「魔法が消えているんだが、聞いているのか、カレン？」

「…………」

「もう読んでいるだけよね、これ」

駄目だ、完全に本の世界へ入り込んでいる。

見ての通り一点への集中力が凄《すさ》まじい子なので、無意識に発動させるのはまだ厳しいか。

結局何度呼び掛けてもカレンの反応がないので、近づけた蜂蜜の匂いで現実に戻させた

が、そこでようやく魔法が消えている事に気付く。

「……あれ？」

「あれ……じゃない」

先に夜でも本が読めると伝えたのは失敗だったかもしれない。内心で溜息《ためいき》を吐《つ》きながら訓練を再開しようとしたのだが、カレンは再び本の虫になっていた。

「こらこら、魔法の練習はどうした？」

「このページだけ！」

何ともまあ……前途多難な弟子である。

しかし子供を育てる事が簡単な筈もないし、これはこれで姉弟やリースとは違った成長を見られるので面白いものだ。

「先は長そうね」

「でも我儘《わがまま》を言ってくれるのは、それだけ信頼している証《あかし》だよね」

「はい。焦る必要はありませんし、私たちはシリウス様を信じて支えるだけです」

前世の記憶があるだけでなく、一人どころか三人を平等に愛するという俺を受け入れてくれた妻たちに優しく見守られながら、俺はカレンの教育方針を練り直すのだった。

《初めてのお友達》

素振りや走ったりして体を鍛え、本だけでなく実際に体験をして様々な事を学び、時に無断で蜂蜜をつまみ食いをするカレンを叱る。

そんな騒がしくも充実した旅が数日続いたある日、俺たちはとある村に到着した。

目立った特産品もなく、これといった特徴が見られない小さな村であるが、街道の近くにあるので冒険者や商人たちが立ち寄る事が多いらしく、村には他の建物より一際大きい宿があった。

その宿で部屋の確保を済ませた頃には夕方を過ぎていたので、荷物の整理を済ませて宿内の食堂にやってきたのだが、注文した肉料理にカレンが苦戦をしていた。

「ん……このお肉、何か固くない？」

「そうか？　柔らかい方だと思うぞ？」

「この触感が美味しいんだよ」

「二人は気にせず、カレンのペースでゆっくり食べなさい。肉は逃げないからな」

おそらくこれは調理の腕ではなく、こういう触感を持つ肉なのだろう。興味が湧いたので、後で宿の人に色々と聞いてみるか。

しかし銀狼族《ぎんろう》特有の頑丈な歯を持つレウスならわかるのだが、体は普通の人族であるリースも軽く噛み千切っているのは何故《なぜ》だろう？　相変わらず食事に関しては謎が多いリースである。

俺の助言通りゆっくりと肉を齧《かじ》り始めるカレンを眺めながら食事を進めていると、ワインを飲んでいたフィアが周囲を見渡しながら呟《つぶや》いた。

「あまり大きい村じゃないのに、結構人がいるのね」

「ほとんどが冒険者か商人ようだがな」

宿だけでなく物資の補充で村に金を落としてくれるので、冒険者や商人は歓迎されているわけだ。食堂内にある別のテーブルに視線を向けてみれば、多くの者が食事や酒を楽しんでいるようだが……。

「さっきからこちらを何度も見ているな。まあ、絡んでこないだけマシか」

「今更でしょ？　それよりシリウスもワインを飲まない？　中々悪くない味よ」

「じゃあ、少し貰《もら》おうかな」

「カレンも飲みたい！」

「貴女《あなた》はもう少し大きくなってからね」

周囲からの視線を頻繁に感じるのは、間違いなくうちの女性陣が目当てだな。美人なだけじゃなく、エルフに銀狼族と珍しい種族という意味でも注目を集めてしまうのだ。

当然ながらエルフと同じくらい希少な有翼人であるカレンも見られていただろうが、今のカレンは有翼人の特徴である翼を服の下に隠しているので、欲望や奇異の目からは外れている筈だ。窮屈な思いをさせて悪いとは思うが、せめて自衛が出来るまでは隠していくつもりである。

その後も特に絡まれる事はなく食事を食べ終え、食後の紅茶やワインを楽しんでいると、少し離れたテーブルで何度もこちらを見ていた三人の男女が俺たちに近づいてきた。

「へへ、こんな所でエルフに会えるなんて思わなかったぜ。噂《うわさ》には聞いていたが、こいつは想像以上の美人だな！」

「もう、いきなり失礼でしょ！　ごめんなさい、こいつは綺麗な女性に弱くて……」

「突然申し訳ありません。僕たちは旅の者なのですが、少しだけご一緒させてくれませんか？」

フィアを見てだらしなく鼻の下を伸ばす大柄の男に、その男の腹へ肘鉄を入れながら宥《なだ》める短髪の女性と、穏やかな笑みを浮かべる青年である。見た感じ、三人は俺たちとあまり年齢は変わらないようなので、話しかけ易《やす》いと踏んで近づいて来たらしい。

一応警戒しながらお互いに自己紹介を済ませたところ、この三人は純粋な好奇心で俺たちに近づいてきたようだ。

初対面である彼等《ら》との会話はカレンにとって良い経験になると思っているのだが、当のカレンはフィアの背中に隠れてしまったので会話どころではなかったりする。奴隷にされて酷《ひど》い目に遭ったせいか、見知らぬ大人が相手になるとまだ怖いようだ。

そんな事情を知る筈もない短髪の女性は、自分のせいで怖がらせたと思ったのだろう、申し訳なさそうに頭を下げていた。

「ご、ごめんなさい。その子を怖がらせてしまったみたい」

「ちょっと人見知りな子だから、貴方《あなた》たちのせいじゃないわ。ほら、カレンも怖くないから出てらっしゃい」

「うん……」

「カレン。旅に出会いは付きものだ。挨拶は大切だぞ」

一人きりならまだしも、隣に俺たちがいるのだからもっと勇気を出してほしい。旅をするのなら人と関わる事は避けられないので、今は少しでも経験を重ねて人見知りを克服してもらいたいものである。

そんな思いを込めた俺の言葉が届いたのか、カレンは女性の前に出てからゆっくりと頭を下げた。

「あの……カレンです」

「あは！　よろしくね、カレンちゃん」

子供が好きなのか、女性は満面の笑みを浮かべながらカレンへと手を振り、他の二人も優しく声を掛けてくれる。そんな三人を眺めている内に敵ではないと理解したのか、カレンの緊張が徐々に解けていく。

それからしばらく会話を交わしていたのだが、俺たちの関係について説明したところで三人に動揺が走った。

「はぁ!?」

「皆さん全員……」

「シリウス殿の妻なのですか？」

「ええ、そうよ」

「えへへ……妻になったのは最近だけどね」

「私はシリウス様の妻でもあり、従者でもあります」

貴族でもないただの冒険者が、妻を三人も娶《めと》っている事に驚いていた。

エミリアが淹《い》れてくれた紅茶を飲む俺に視線が集中する中、大柄の男だけは驚きだけでなく羨ましさと妬みが込められた視線を向けている。血の涙を流せるなら、滂沱《ぼうだ》の如《ごと》く流しそうだ。

「くそぉ……こんな筋肉がなさそうな奴《やつ》でも嫁さんが三人もいるのに、何で俺には女が寄ってこないんだよ。こんなにも鍛えているのに！」

「だから、そういう言い方はやめろって何度も言ってるだろ？」

「そうよそうよ。いい加減、力が格好いいって考えを改めなさい」

「お、力なら俺も自信があるぜ。ちょっと勝負してみないか？」

「ああ？　俺の筋肉を見て挑んでくるとはいい度胸じゃねえか！　面白い、やってやるよ！」

大柄の男はお調子者でもあるのかレウスの言葉にあっさりと乗り、テーブルの上を片付けた二人は腕相撲を始めていた。

体格は相手の方が一回り大きいようだが……。

「おお!? や、やるじゃねえか！　なあ、お前はそんな力を持っていながら、あんなにも綺麗《きれい》な女たちを取られて悔しくないのか？」

「悔しいどころか嬉《うれ》しいくらいだよ！　それに俺には、将来迎えに行かないといけない女がいるんだ！」

「くっそぉぉ――っ！　お前には絶対負けたくねぇぇ――っ！」

「うし！　そろそろ本気でいくぜぇ！」

「い、嫌だ！　こいつに負けたら俺は……俺は……あああぁぁ――っ!?」

純粋な力はレウスの方が上らしく、激しい物音と共に大柄の男は敗北して床に崩れ落ちていた。

怪我《けが》はしていなくとも心は深く傷つけてしまったようで、男は床に伏したまま中々起き上がろうとしなかった。

「あー……すまない。こんなつもりじゃなかったんだが」

「いつもの事ですから、気にしなくて結構ですよ。あいつが何も考えずに勝負を受けたのが原因ですし」

大柄の男の暴走は彼等にとっては日常茶飯事らしく、彼の仲間は呆《あき》れた様子で眺めるだけである。

そして大柄の男はレウスの伸ばした手によって起こされ、そのまま二人は健闘を称《たた》え合うかのように握手を交わしたのだが……。

「へへ……かかったな！」

「お、今度は握力の勝負ってわけか。負けねえぞ！」

「毎日重い剣を振っている俺の力にー……いだだだっ⁉」

……うん、向こうは向こうで楽しんでいるようだし、放っておいても大丈夫そうだ。

一方、カレンは短髪の女性に少しだけ心を許し始めたのか、彼女の近くに座って和やかに会話をしていた。

「そっか、その年でお母さんから離れられるなんて凄《すご》いね」

「そうなの？」

「だってカレンちゃんの年頃だったら、お母さんから絶対離れたくないって思うもの」

「お母さんが一緒ならいいけど、カレンには先生やお姉ちゃんたち、それにレウスお兄ちゃんとホクトがいるから平気だよ」

「はぁ、いい子だね。私もいつかこんな子供が欲しいよう」

俺たち以外の人を恐れ、他人と碌《ろく》に会話が出来ない事を心配していたが、無用な心配だったかもしれない。

その調子で前へ進み続け、世界を知っていくんだぞ……カレン。

中々有意義な出会いと時間を過ごした夜から次の日。部屋のベッドで寝ていた俺は窓から差し込む朝日で目が覚めた。

すぐ隣には穏やかな表情で眠るフィアの姿もあり、俺が目覚めた事に気付いてゆっくりと目を開けた。

「あふ……おはよう」

「おはよう。まだ朝食の時間には早いから、もう少し眠っていたらどうだ？」

「んー……目が覚めちゃったし、私も起きるわ」

まだ眠っている客が多いので今日は早朝の訓練をやらないように決めていたのに、早起きが習慣になっているので自然と目が覚めてしまうようだ。

しかし二度寝する理由もないので体を起こしていると、同じように起きたフィアが俺の頬に口付けをしてから微笑《ほほえ》んできたのである。

その魅力的な笑みと仕草に思わず抱きしめたくなるが、何とか自制して着替えを済ませた俺は、ベッドに座って櫛《くし》で髪を梳《す》いているフィアの姿をぼんやりと眺めていた。

「別に見ていてもいいけど、もう少しかかるから先に顔でも洗ってきたらどう？」

「そうさせてもらうか」

こうした穏やかな時間を楽しむのもいいが、せっかく早く起きたのだからホクトと軽く散歩でもしてくるとしよう。

そして部屋を出て宿の中庭にある井戸へと向かえば、そこには先客がいたのである。

「お、兄貴！　おはよう！」

「ふあぁ……おひゃよう……」

「あ、おはようございます！」

おそらく俺と同じく顔を洗いに来たレウスとカレンがいたのだが、二人の隣には見知らぬ少女の姿があった。

髪を左右に束ねたツインテールに、少しだけ装飾が付いたワンピースを着た可愛《かわい》らしい子なのだが、見た目からカレンと同じくらいの年齢だと思われる。

「おはよう。で、その子は誰だい？」

「うにゅ……イルアちゃんだよ。さっき名前を教えてもらったの」

「この宿を経営している人の娘さんだってさ」

詳しく話を聞いてみると、イルアと呼ばれる少女はこの宿を経営している両親の手伝いをしている子で、先程会ってお互いに名乗り合ったばかりだそうだ。

そんなイルアの足元には水の入った木製のバケツが置かれており、これで宿内の水瓶《みずがめ》に水を運んでいたそうだが、今のイルアは少し困った表情をしていた。

「あの……私は大丈夫ですから」

「でも、大変そう」

「そうだぜ。こういうのは皆でやった方が楽だし、俺にとっては朝の運動みたいなものだから気にするなって」

どうやら二人は水汲《みずく》みを手伝おうとしていたらしい。確かに幼い子には大変な作業だが、イルアからすれば客に手伝わせるのは不味《まず》いので困っているのだろう。

二人の優しさは悪くはないが、無理強いはよろしくあるまい。それ以上は止《や》めなさいと口を挟もうとしたところで、宿の勝手口から恰幅《かっぷく》の良い男が現れたのである。

「ここにいたのか、イルア。まだ水汲みが終わっていないが、何かあったのかい？」

「パパ？　あのね、こちらのお客さんが……」

二人の会話から、彼がイルアの父親なのがわかった。

そしてイルアから事情を聞いた父親は困ったように苦笑していたが、宿の経営者としての誇りがあるのか、申し訳なさそうにレウスとカレンへと頭を下げた。

「お気持ちはとてもありがたいのですが、お客様の手を借りるわけにはいきません。娘の事は気にせずに休んでいてください」

「私は毎日やっているので平気ですから」

「でも、レウスお兄ちゃんは力持ちだからすぐ終わるよ。そうだよね？」

「おう。水瓶ごと持ってきてやるぜ！」

「しかしお客様の手を煩わせるわけには……」

レウスはいつも通りだが、何故《なぜ》カレンまで初対面の相手をここまで気にかけているのだろうか？

　おそらく、旅に出て初めて出会った同年代の子供なので、もう少し一緒にいたいと思っているのかもしれない。俺たちから教わるだけでなく、同年代の子と触れ合うのも大切だと思うので、少し手助けするとしよう。

「ならこういうのはどうでしょうか？　その子の仕事を俺たちがやる代わりに、うちのカレンと遊んであげてくれませんか？」

　有翼人の集落には子供が少なく、カレンも左右で大きさの違う翼故の劣等感があったせいか、子供同士で遊んでいる姿がほとんど見られなかった。

　というわけで、この好機を逃す手はあるまい。有翼人という点を隠しながらイルアの父親へ事情を伝えてみれば、子を持つ親として共感してくれたのか快く頷《うなず》いてくれた。

「それならば喜んで。娘が仕事を手伝ってくれるのは嬉しいのですが、村には子供が少ないせいで遊び相手が中々いなくて……」

「どうしたの、パパ？」

「イルア。今日のお仕事はもういいから、お客様の相手をしてくれないかい？」

「でも水汲みが……」

「お客様の相手をするのも仕事の一つだよ。これはお前にしか出来ない事なんだ」

　自分にしか出来ないと、父親から頼まれたイルアは嬉しそうに頷《うなず》いていた。

　一方、思わぬ展開にカレンは困惑していたので、俺はその頭を撫《な》でながら告げる。

「これも旅の出会いだ。水汲みの事は気にせず一緒に遊んできなさい」

「……うん！」

「ねえねえ！　凄い狼《おおかみ》さんがいるってパパから聞いたけど、本当なの？」

「ホクトの事？　ホクトなら向こうの小屋にいるよ」

「私も見たいなぁ。ねえ、見せてくれる？」

幸いな事にイルアは積極的な性格のようで、少し気遅れしているカレンを上手《うま》く引っ張ってくれていた。

そんな二人の少女が近くの小屋へ向かうのを見届けたところで、レウスがバケツを手にしながら井戸から水を汲み始める。

「水汲みは俺だけで十分だからさ、兄貴はカレンと一緒にいろよ」

「いえ、先程はああ言いましたが、やはりお客様に手伝わせるわけにはいきません。水汲みなら私が……」

「なら一緒にやろうぜ。ほら、兄貴も行ってこいよ」

カレンが気になるのは事実だし、ここはレウスの言葉に甘えるとしよう。

宿の主人と一緒に歩き去っていくレウスを見送り、手早く顔を洗ってからカレンの後を追いかけてみれば、少女二人はホクトがいる小屋の前で入口の閂《かんぬき》を外している最中だった。

ちなみにホクトなら自主的に小屋を出て来られるのだが、外を勝手に歩き回れば大騒ぎになりそうなので、非常時以外は出て来ないように命令している。

「ねえ、カレンちゃん。中から変な音が聞こえるけど、これってホクトなの？」

「何だっけ？　どこかで聞いた音かも」

二人が聞いている不思議な音だが、おそらく俺が接近しているのに気づいたホクトが小屋の中で尻尾を振っている音に違いあるまい。体が大きい上に力が強いから、尻尾を振る音も並ではないのだ。

そして首を傾《かし》げるイルアが閂を外して扉を開けてみれば……。

「オン！」

「「うきゃあ!?」」

扉の前で待機していたホクトの顔が間近にあったので、二人は悲鳴を上げながら飛び跳ね、背後にいた俺の背中に隠れてしまった。

まあ、いきなり巨大な狼の顔が目の前に現れれば驚くのも無理はあるまい。カレンまで驚いているのは、おそらくイルアの悲鳴に反応したからだろう。

少女たちを刺激しないよう、その場から動かずにいるホクトが寂しそうに鳴く中、俺は二人の頭に手を置いて落ち着かせる。

「クゥーン……」

「ほら。ホクトは大人しいから大丈夫だよ。近づいて触ってごらん」

「か、噛《か》まないよね？」

「平気だよ！　ほら、イルアちゃんも早く！」

一足早く立ち直ったカレンが遠慮なくホクトを触っていたので、イルアも恐る恐る近づいて触れ始めた。

そのまましばらく二人に付き合ってくれと伝えるようにホクトの頭を撫でていると、さっきまで首周りを触っていたカレンがホクトの尻尾にぶら下がってはしゃいでいる事に気付く。

「見て見て！　ホクトならこんな事をしても平気なんだよ！」

「あ、私もやる！」

「クゥーン……」

「頑張れ、ホクト」

尻尾まで玩具《おもちゃ》にされるホクトが困ったように鳴くので、俺は励ますように頭を撫でてやるのだった。


それから一頻《ひとしき》りホクトと触れ合い、朝食の時間になったところでイルアと別れた俺たちは、宿の食堂で朝食を食べながら今後の予定を話し合っていた。

次の目的地である国、サンドール。

この世界で一番大きいと言われるその国で、各国の王たちが集まる会合……大陸間会合《レジェンディア》が近々開かれるわけだが、なるべく開催している間に到着したいところである。

故に寄り道をする余裕があまりないので今日中に出発する予定だったのだが、この村に到着した時間が遅かったので、まだ物資の補給が済んでいないのだ。

「出発は明日にして、今日はこの村で休みながら必要な物を揃《そろ》えるとしよう」

「わかりました。馬車に残っている物資が確か……」

「そうね。保存食はまだ十分あるけど、少し買い足しておいた方が良いわね」

「新鮮な食材もね。他に足りない物は何かあったかな？」

「俺は新しいタオルと動き易《やす》い服が欲しいな。そろそろ補修も限界だしさ」

「蜂蜜があと十個しかないよ？」

「「「「十分ある」」」」

「えーっ!?」

一部から不満が出ながらも話し合いは終わり、役割分担を決めて解散となった。

俺の担当はエミリアと買い出しだが、あまり大きくない村なのでそれもすぐに終わりそうだ。それが済んだらカレンの訓練でもしようと考えていたが、今朝の状況から考えるに……。

「カレン。せっかく友達が出来たんだから、また一緒に遊んできたらどうだ？」

「イルアちゃんの事？　まだお友達じゃないと思うけど……」

「お互いの名前を知って、一緒に遊んだんだ。もう友達のようなものだし、気になるなら今から友達になろうって言えばいい。カレンが嫌じゃなければの話だけどな」

「ううん、イルアちゃんと友達になりたい！　でも今日の訓練はどうするの？」

「それは今すぐじゃなくても出来る事だろう？　訓練は後でしっかりと考えてあるから、気にせずに行ってくるといい」

これ以上仲良くなると別れが寂しくなるだろうが、それもまたカレンを精神的に成長させてくれるだろう。

というわけでイルアの父親に再び話を持ち掛けてみたところ、まだ子供である彼女は重要な事を任されていないので、二つ返事でイルアと遊ぶ許可を出してくれた。

そして解散し、エミリアと一緒に村にある雑貨店へ向かおうとしたところで俺はある事を思い出した。

「ついでに魔物の素材を買い取ってもらうか。馬車に寄ってから行くとしよう」
「それでしたら私が取ってきますので、シリウス様は先に向かっていてください」
「いや、一緒に行こう。大した手間じゃないからな」
「ああ、そういう事ですか」

俺がカレンたちを気にしているのがバレバレのようだ。

笑みを隠すように口元へ手を添えるエミリアと一緒に馬車を停《と》めてある小屋へと向かえば、一緒に遊ぶカレンとイルアの姿を見つけた。

なるべくホクトの近くで遊んでいなさいと伝えた通り、二人はホクトに見守られながら小屋の前にある原っぱで仲良く座っていた。

「やっぱりお肉がないと寂しいよね」

「うん、頑張って狩って来てね」

「……オン」

二人の前に置かれた木の板に野草が乗せられている様子から、どうやらままごと遊びをしているようだ。

そして会話から察するに、カレンとイルアが奥さん役でホクトが夫役らしい。ホクトならペット役だろうとか、何故奥さん役が二人なのか……と、色々疑問は尽きないが、ホクトは狩りに出かける体で二人から離れ、小屋の陰から様子を窺《うかが》っていた俺たちの下へやってきた。

「お疲れさん。お前に任せてばかりですまないな」

「オン！」

「子供は嫌いではありませんし、これも予行練習……えっ!?　まあ……そこまで考えていらしたのですね」

ホクトの返事を聞くなり、エミリアが頬に手を当てながら悶《もだ》え始めたので、言葉がわからずとも何となく想像がつく。いずれ俺と妻たちの間に生まれる子供たちを相手にする練習……と、言ったに違いあるまい。

「ええ、子供は宝ですから、私も精一杯頑張りますとも。共にシリウス様に相応《ふさわ》しきお世継ぎを育てていきましょう」

「あれは放っておくとして、ホクトが嫌じゃないならいいんだ。もうしばらく頼んだぞ」

「オン！」

飼い犬が主《あるじ》の子供の面倒を見るという話を前世で聞いたが、ホクトもそれに当てはまるようだ。

将来を夢想して悶えるエミリアを横目に、狩ってきた獲物だと言わんばかりに適当な木を咥《くわ》えたホクトが戻ろうとしたところでそれは起こった。

「何!? お、お客さん、止《や》めてください」

「この娘か？」

「ああ、髪を二つに結った黒髪の小娘だから間違いねえ。ほれ」

「むぐっ！」

少し目を離した隙に柄の悪そうな三人の男たちが現れ、背中から捕まえたイルアに何かを嗅がせたのである。すると気絶したかのようにイルアから力が抜けたので、何か薬のようなものを使ったようだ。

その非常事態にすぐさまエミリアとホクトが飛び出そうとするが、俺はその前に手を伸ばして止めていた。

「イルアちゃん！」

「ん、何だお前は？ こっちは大人の話をしているんだ。騒がしいからあっちへ行け」

「いや、ちょっと待て。この娘……昨夜のエルフと一緒にいた奴《やつ》だぞ」

「そういやぁ……ああ、いたな！　こりゃあついているぜ。エルフもいただきだ！」

カレンが有翼人である事が知られて狙われたとかではなく、連中の目的はイルアだったらしい。だがフィアと一緒にいる事を覚えていたのか、カレンもまた狙われそうだ。

それでも未《いま》だに待機を命じたままの俺に、エミリアは何かに気付いてカレンへと視線を向けた。

「何か……お考えがあるのですね？」

「少しだけ様子を見よう。この状況でカレンがどう動くのか知りたい」

昨夜は人の良い冒険者たちに出会えたが、世界には目の前にいるような欲に塗《まみ》れた者が大勢いるものだ。

そして俺たちと初めて出会った時と違い、今のカレンは己を守る術《すべ》を多少は知っている。落ち着いて自分が出来る事を思い出せば、十分対処は可能な筈《はず》である。

まだ幼いカレンには酷だろうが、追い込まれる状況を経験しているといないとでは大きく違うものだからな。

「大丈夫でしょうか？」

「確かに危険な状況だが、教えた魔法を使えばこの場を切り抜ける事も可能な筈だ」

まだ数種類しか魔法を使えないが、『インパクト』だけは毎日練習させているので、今のカレンならイルアを避けて相手に魔法を当てるのは難しくはない。

だがこのような状況で万全の動きが出来るとは思えないので、いつでも飛び出せるようにはしておく。俺の合図で男たちの反対側に回り込んでいたホクトが相手の気を引き、それと同時に俺とエミリアが踏み込んで一気に制圧する。

カレン……友達の危機に、お前はどう動く？

「エルフ？　イルアちゃんだけじゃなく、フィアお姉ちゃんに何か用なの？」

「別に大した事じゃないさ。ちょっと俺たちと遊んでほしいんだよ」

「だから呼んできてくれよ？　そうしたら、この子を離してやってもいいかもな」

「……嘘《うそ》つきの目。それにおじさんのような人、カレンは知っているの！　皆に酷《ひど》い事をする人だって！」

「ち、面倒だな」

「いいからさっさと呼んできやがれ！　こいつがどうなっても知らんぞ？」

「……駄目！」

本当は怖い筈なのに逃げないのは、イルアとフィアを狙われている事が許せないからだろう。

魔力を高めている様子から戦う事を選んだようだが、今のカレンにとって一番確実な選択は助けを呼ぶ事だと思う。まだ幼いカレンが他人を頼る事は恥ではないし、イルアの安全を考えればそれが最善だからだ。

助けを呼ぶのであればすぐさまホクトを向かわせるつもりだったが、戦う選択をしたのであればもう少し様子を見るとしよう。怒りで周りが見えていないのかもしれないが、怯《おび》えて何も出来ないよりはましである。

後で色々と指摘する必要はあるが、勇気を振り絞るカレンの姿に少しだけ口元が緩んだ
その時、俺は違和感を覚えていた。

「……何だ？」

感覚の赴くまま『サーチ』で魔力の動きを調べてみれば、カレンの魔力の集束が『インパクト』とは若干違うようだ。

その圧縮された魔力の塊は、まるで一発の弾丸のように……。

「まさか!?」

「シリウス様!?」

「イルアちゃんを……放せ！」

即座に小屋の陰から飛び出した俺は、男たちの前に立ち塞がると同時にカレンの放った魔法を左手で握るように受け止めていた。

「え!?　せ、先生？」

「な、何だぁ!?」

「こいつ、どこから来やがった!?」

「よくわからねえが、邪魔ばかり──……ぐはっ!?」

突然目の前に現れた俺に男たちは隙だらけだったので、俺はまずイルアを捕まえていた男へ肉薄し、手首を摑《つか》んで地面へ叩《たた》きつけながらイルアを確保する。

続いて残った二人が殴りかかってきたが、片方の男を足払いで転ばせ、残った男の喉を握り潰す勢いで摑んだ。

「その子を捕まえて何をする気だったんだ？」

「がっ!?　て、てめえ……何を言って……」

「もう一度だけ聞くぞ。お前たちの目的を全て吐け。さもなければ……」

「ガルルルっ！」

男たちが俺の放つ殺気に吞《の》まれる中、追い打ちをかけるようにホクトが唸《うな》り声《ごえ》を上げながらゆっくりと近づいてくる。

イルアは薬によって意識を失っているので、遠慮なんか一切ないホクトの威嚇で完全に戦意を喪失したのか、男たちはイルアを狙った理由をあっさりと白状した。

どうも男たちは金に困っていたらしく、村で繁盛しているこの宿から身代金をいただこうと考えてイルアを狙ったそうだ。

行き当たりばったりではなくきちんと宿の下調べはしていたようで、その際にフィアの存在を知り、ついでにエルフを捕まえようとカレンを狙ったというわけである。

つまり……この男たちに遠慮は無用というわけだ。

「消えろ。そして俺たちの前に二度と現れるな。さもないと……お前たちを覚えた俺の狼《おおかみ》が地の果てまで追いかけて……」

地面に正座させ、こちらを見上げる男たちに俺は二本の剣を見せる。

　それは男たちの腰から拝借した鉄製の剣だが、片方は俺が素手でへし折り、もう片方はホクトの牙によって容易《たやす》く嚙《か》み砕かれた。

「お前たちの頭をこうするぞ？」

「お、俺の剣が⁉」

「ひいっ⁉」

「理解したか？　ならば、さっさと村を出て行くんだな」

「「は、はい！」」

　骨の一本や二本外してもいいかもしれないが、カレンにそういう光景はあまり見せたくないし、恐怖はしっかりと刻み込んだので十分だろう。

　そして逃げ出した男たちが村の外へ逃げ出すのを見送ったところで、イルアを介抱していたエミリアとカレンへと振り返った。

「イルアちゃんは大丈夫？」

「使われたのは、相手を眠らせるだけの薬ですから大丈夫です。直に目覚めますよ」

「……良かった」

「ああ、皆無事で良かったよ」

　安堵《あんど》の息を吐きつつ、魔法を受け止めた左手に視線を向けてみれば、掌《てのひら》の肉が抉《えぐ》れて血《ち》塗《まみ》れになっていた。少々痛いが、傷はそれ程深くはないので止血しておけば問題はあるまい。

少し遅れて俺の傷に気付いたエミリアが包帯を取り出す中、カレンだけは信じられないとばかりに目を見開いていた。

「さっきの剣で……斬ったの？」

「違う。どうしてこうなったかは、カレンはわかっているだろう？」

「でも、先生なら……」

「カレン。俺は別に怒っているわけじゃない。正直に言えばお前の成長を嬉《うれ》しくも思っているんだが、まず聞かせてほしい事があるんだ」

俺の教えた『インパクト』は小さい岩なら軽く砕けるが、今のカレンではそこまで強い威力は出せない。魔力の集束やイメージがまだ甘いからだ。

更に俺は魔力で肉体を強化していたので、『インパクト』程度なら赤く腫れる程度で済んだかもしれないのだが、見ての通り掌の肉が抉れてしまっている。

だが、こうなるのも当然かもしれない。

イルアを助ける為《ため》に放ったカレンの魔法は……。

「今の魔法は、いつから使えるようになったんだい？」

『インパクト』ではなく、俺が教えた覚えのない『マグナム』だったからだ。

もちろん、俺の放っているものと比べれば威力は低い。前世で喩《たと》えるのなら、俺のは最新式の自動式拳銃で、カレンは銃身に火薬と丸い弾丸を直接詰めて放つ……小さいマスケット銃のようなものといったところか？

精度だけでなく射程距離も短いが、近距離ならば魔力で強化した肉体を抉る程の威力を持っているので、急所を狙えば人の命を容易く奪えるだろう。

魔物相手ならともかく、人を相手にはなるべく使わせたくはないと思うので、俺は膝を突いてカレンと目線を合わせながら返答を待つ。

「え……うぅ……」

しかし、自分の魔法で怪我《けが》を負わせた事がショックだったのか、カレンは涙目で怯えるだけで中々答えてくれない。

まずはその罪悪感を何とかするべきだな。

「これは俺が自ら飛び込んで負った傷だ。カレンのせいじゃないから気にするな」

「でも、カレンの魔法が……」

「心配はいりませんよ。こうして止血しておけば平気ですし、後でリースが治してくれますから」

エミリアが止血してくれたので血は止まっているが、痛みが消えたわけじゃない。それでもカレンを安心させるように笑いかけながら、反対の手をカレンの頭に置いた。

「それにカレンは傷つける為じゃなく、友達を助けようとしただけだろう?」

「……うん。だってイルアちゃんは、私のお友達……だから」

「そうだ。あの時は逃げる事も出来たのに、お前は友達の為に残って戦ったんだ。それは誇るべき行為だ」

褒めながらカレンの頭を優しく撫《な》でてやれば少しだけ表情が柔らかくなったので、改めて質問をするとしよう。

不完全とはいえ、カレンが『マグナム』を使えると判明したのなら色々と言い聞かせなければならないからだ。

「改めて聞くが、カレンはいつから今の魔法を使えるようになったんだ？」

『マグナム』は魔物相手には心強い魔法だが、人へ使うには少し強力過ぎるのだ。

純粋な魔力の塊故に透明であり、貫通力も高いので、急所を狙えば容易く人の命を奪えてしまう。暗殺向きのその魔法が使えると周囲に知られてしまえば、無駄に怖がられたり、手の内に加えようと狙われる事もあるのだ。

それゆえに人を殺《あや》める本当の意味と覚悟、そして自衛が出来るようになるまでは教えるつもりはなかったのだが、カレンは自ら辿《たど》り着いてしまったのだ。

強引に止《や》めさせるのもカレンの素質を殺してしまう気もするし、放っておいて変な癖が付いても困る。

故に覚悟を決めた俺は、本格的に『マグナム』を教える事を決めたわけだが、カレンがどうやって使えるようになったのかが気になるのだ。

「さっきのが初めてだよ。先生がメジア様と戦っていた時の魔法だよね？」

「あの時は遠く離れていたが、俺の放った魔法が見えていたのか？」

「ううん、見えなかったよ。でも先生が使った魔法は『インパクト』とは何か違う気がしたし、後で見たら地面に小さい穴が沢山あったから、細くて小さい魔力を放っているのかなって……」

まさか僅かな違和感と、戦闘の跡だけで辿り着くとはな。

鋭い観察力と柔軟な思考、そしてそれを実戦でしっかりと発揮出来る才能は見事としか言いようがない。

本来ならその才能を褒めてやりたいところであるが、そのせいで『マグナム』を安易に使用するようになっても困る。これは俺の我儘《わがまま》だが、人へ向けて平然と撃てるような大人になってほしくないのだ。

それにカレンには指摘するべき点が沢山あったので、俺は少しだけ真剣な表情をカレンに向けていた。

「カレンはどうしてその魔法を使おうと思ったんだ？　あの男たちが相手なら、いつもの『インパクト』で十分だった筈《はず》だろう？」

「だ、だって、あの人たちはイルアちゃんに酷い事をしたし、フィアお姉ちゃんにも酷い事をしようとしてたもん！」

「大切な人の為に怒るのは構わないが、よく考えてみなさい。もしあの魔法がイルアに当たっていたらどうする？」

あの時のカレンは怒っていたので、相手を倒す事だけしか頭になかったのだろう。

幼い子が感情で動くのは仕方がない事だが、一歩間違えていれば友達を撃つという、生涯残りかねない心の傷を負っていたのかもしれない。

　しかし『インパクト』ならば、今のカレンでも接近される前に何発かは放つ事が出来ただろうし、万が一イルアに当たっても怪我程度で済んだ筈だ。

　だからこそ俺は、この件を有耶無耶《うやむや》にする事はせずはっきりと告げるのである。

「カレン、よく聞きなさい。俺はね、カレンにあの魔法の怖さを知ってもらいたいんだ」

　自衛としてだけでなく、人殺しに特化した魔法を知ってしまった以上、それを使える意味と重さ……そして恐怖をしっかりと理解してほしい。

　前世とは倫理観が違う異世界だろうと、人を殺める事は極力避けるべきだろう。

「魔法を使うなとは言わない。だが当たり所が悪ければ、相手に大怪我を負わせてしまう魔法なんだ。魔物ならば構わないが、人に使う時はよく考えて使うんだぞ」

「……うん」

「後は……」

「兄貴ーっ！」

　最後に大事な事を告げようとしたところで、俺とホクトの放った殺気に気付いたのか、レウスを先頭にリースとフィアがやってきた。

　真っ先に俺の傷に気付いたリースの視線が突き刺さる中で状況を説明すれば、皆は何とも言えない表情をしていた。

「兄貴なら飛んでくる矢でも摑めるのに、それ以上の魔法だったのか？」

「咄嗟《とっさ》だったのもある。だがこうでもしなければ、止められそうにない威力だったからな」

「もう、無茶し過ぎだよ。すぐに治療するから動かないでね」

「なら私はこの子を親の所へ連れて行くわ。事情を説明しないとね」

「じゃあ俺がイルアを運ぶよ」

「カレンも行く！」

「待ちなさい、カレン。まだ俺の話は終わってー……」

呼び止めたものの、カレンは立ち止まらずにフィアやレウスと一緒に行ってしまった。

イルアを心配しての行動だろうが、まだ俺の小言が続くと思って逃げたとも言えるかもしれない。まだ伝えていない事があるのだが……。

「……後にするか。やはり年頃の子は難しいな」

「難しいって意味なら、シリウスさんも負けていないと思うよ」

「申し訳ありませんが、私もリースと同じ意見です。どうしようもない状況だったのはわかりますが、シリウス様は皆の事になると自分を蔑《ないがし》ろにし過ぎですから」

「オン！」

「……すまん」

エミリアとフィアだけでなくホクトからもジト目を向けられ、俺は素直に謝るのだった。

――シェミフィアー――


「……そのような事が。何とも恐ろしい話ですが、この子が無事でなによりです」

シリウスと別れた私たちは宿へと戻り、イルアの父親に事情を説明しながら、案内された部屋のベッドにイルアを寝かせていた。

親の下へ帰して一安心なのはいいけど、さっきから何度もお礼を言われるからこそばゆいわね。実際、今回の私は何もしていないし。

「重ね重ね、娘を助けていただきありがとうございました」

「お礼ならこの子に……カレンにね。その子を助けようと、大人が相手でも一歩も引かなかったそうよ」

「ああ、そうですね。娘を助けてくれてありがとう、カレンちゃん」

「……うん」

薬で眠らされただけみたいだし、後は彼に任せておけば大丈夫でしょう。

そして部屋を出た私たちがシリウスの下へ戻ろうとしたところで、カレンが私の裾を摑《つか》んで引き止めようとしている事に気づく。

「どうしたの、カレン？」

「また……怒られる」

「何だ？　兄貴に怒られるのが嫌だから戻りたくないのか？」

「……………」

「図星のようね」

でもあれは怒っているというか、大切な事だから強く言い聞かせているだけなのよね。

確かにシリウスは真剣な表情だったけど、本当はカレンの才能を褒めてあげたくて仕方がなさそうで、私からすれば微笑《ほほえ》ましいと思ったくらいだし。

それなのに怒られていると感じているのは、シリウスを傷つけた罪悪感に加え、カレンが怒られた経験が少ないからだと思う。有翼人の集落で過ごしたあの半月の間、カレンが家族に怒られている光景を見た事がないもの。

戻りたくない気持ちはわからなくもないけど、このままってわけにもいかない。シリウスはまだ伝えたい事が残っているようだし、どうやって説得するか悩んでいると、レウスがカレンの目を見ながら語り掛けていた。

「大丈夫だって。兄貴は怒ってなんかねえよ」

「でも、先生のあんな顔……初めて見た」

「いやいや、兄貴が怒ったらあんなもんじゃねえぞ？　昔さ、俺が我儘言いまくって兄貴を怒らせた事があるんだけど……」

「……どうなったの？」

「あれはー……いや、とにかく凄《すご》く怖いんだ！　泣いたって許してくれねえぞ」

幼い頃からシリウスと一緒に過ごし、成長してきたからこその言葉ね。重みがあるというか、さっきの怖さなんか足元にも及ばないというのが伝わってくる。

過去を思い出して体を震わせているレウスだけど、すぐに正気を取り戻して再びカレンへと視線を向けていた。

「と、とにかく！　兄貴は本気で怒っているわけじゃないから安心しろって事さ」

「でも……」

そうは言っても、まだ躊躇《ちゅうちょ》しちゃうようね。

実際シリウスは怒っているわけじゃないから、もう一度話をすれば怒られているんじゃないって理解出来ると思う。

何とかシリウスの本音が聞ければ……ああ、あれがあったわね。

「カレン、今から少しだけ静かにしていなさい」

「え？　うん」

そして不思議そうに首を傾《かし》げていたカレンが頷《うなず》いたのを確認してから、私が風の精霊にある事を頼めば……。

『……ふう、こんな感じでどうかな？』

『良い感じだ。痛みも消えたし、動かすのに支障はない』

精霊が風を操り、離れた場所にいるシリウスたちの会話を私たちに届けてくれた。

声を拡散させて周囲に響かせる『コール』を応用した魔法で、シリウスの案を元に作った私の新しい魔法だ。この魔法を初めて使った時は、『集音マイクだな』とか、そんな事をシリウスが呟《つぶや》いていたわね。

とにかく突然聞こえてきた声にカレンは戸惑いを見せていたけど、私は口元に人差し指を添えながら片目を閉じていた。

「フィアお姉ちゃん、これ……」

「よく聞いておきなさい。カレンが怖がる必要はないって事はすぐにわかるから」

これが魔法だと気付いたカレンは頷き、風が運んでくれるシリウスの言葉を聞き逃さないように目を閉じた。

勝手に話を聞いているのが知られたら文句を言われそうだけど、精霊ならシリウスでも集中しないと感知し辛《づら》いからばれないと思う。それにばれたところで怒るような旦那さんじゃないし、その時はその時だと楽観的に考えてもいる。

『シリウス様。僅かとはいえ、どうして傷痕を残したのですか？　リースの腕なら綺麗《きれい》に治せる筈ですが』

『これでいいんだよ。経験させる為《ため》とはいえ、カレンを危険な目に遭わせてしまった報いだ。それに……弟子の成長を見誤るだけじゃなく、完全に受け止められなかった自分への戒めみたいなものだよ』

『そんな事を言って、顔がにやけているよ？』

『む？　いかんな……油断するとつい顔が緩んでしまう。カレンが戻ってくるまでに気を引き締めておかないと』

『ふふ、でもお気持ちはわかります。カレンの将来が楽しみで仕方がないのですよね？』

『ああ。僅かな情報であそこまで『マグナム』を再現出来たカレンなら、使いこなすどころか新しい魔法さえも作ってしまうかもしれない。本当に将来が楽しみな子だよ』

声だけしか聞こえないけど、シリウスたちが楽しそうにしているのがよくわかる。

先程とは明らかに違う雰囲気にカレンが呆然《ぼうぜん》と立ち尽くしていたので、私はカレンの手を包み込むように握ってあげた。

「どう？　戻る気になったかしら？」

「……うん」

「なら行きましょうか。先に言っておくけど、今の話を聞いていたのは……」

「内緒……だね？」

「そういう事。もちろんレウスも何も聞かなかったということで」

「おう！」

気分が楽になったのか、ようやく笑顔を浮かべたカレンと一緒に歩き出したところで、シリウスたちの声が再び私たちの耳に届いた。

『戻ってきたら、『マグナム』の仕組みから教えてやらないとな。まずは手本を見せてから……いや、もう一度使わせてみるか？』

『シリウス様。また口元が……』

『ねえ、カレンが怖がって覚えたくないって言ったらどうするの？』

『カレンが自ら選んだ事ならそれを尊重するだけの話だ。実際危険な魔法だし、他にも覚えるべき魔法は沢山あるからな。だがあれだけ好奇心が旺盛で、友を大切に出来る優しい子だ。きっと魔法の怖さに負けない――……』

……不味《まず》ったわね。もう十分だと伝えていたのに、気まぐれな精霊たちが余分な言葉まで拾ってきちゃったわ。

本人の自主性に任せるとは口にしたけど、今のはカレンが答えを出してから聞かせるべき内容だったもの。今のでカレンの意思が流されなければいいけど。

何かあればシリウスに謝ろうと考えていると、予想通りカレンは不安気な表情で私を見上げてきた。

「カレンは、先生の魔法を教わった方がいいのかな？」

「シリウスも言っていたように、それはカレンが決める事よ。どちらを選んでも私たちは気にしないから、好きな方を選びなさい」

「じゃあ……知りたい！　でも上手《うま》く使えなかったら、今度こそ怒られる……よね？」

皆の為なら平然と手を汚すシリウスだけど、弟子にはそうなってほしくないと願う甘さを持つ人だから、不用意にあの魔法を使えば間違いなく怒るでしょうね。そして表面上は怒っていても、心の中で深く悲しむと思う。

ここは慎重に答えなければと悩む私に、先程から黙っていたレウスが会話に入ってきた。

「なら使わなければいいだけの話だろ？　教わったからって、絶対に使えってわけじゃねえしさ」

「あ……」

「確かにそうね。相手を攻撃する魔法だからって、使わないに越した事はないし」

「それに上手く使う方法なんて、兄貴と一緒にいれば自然と覚えていくぜ？　俺もそんな感じだったしさ」

「そうなんだ！」

そんな自信満々に語るレウスの言葉に、カレンの目が輝き始める。

時折だけど、この子は唐突に核心を突いてくるのよね。女性の機微には勘が鈍いのに、本当に不思議な子だわ。知識を得るだけという考えで心が随分と軽くなったのか、カレンは早く戻ろうと訴えるようにローブに隠された翼をパタパタと動かしていた。

実際はそんなに簡単な事ではないけど、これから徐々に慣れていけばいいか。

「よし、カレン。兄貴の所まで競走しようぜ！」

「あ、待って！」

「もう、躓《つまず》かないように気を付けなさい」

私にとってカレンは妹みたいなものだけど、最近は娘みたいに感じてきたわね。

だからこうして様々な事を教えたり、一緒に悩んだりする事が子供を育てているみたいで楽しいんだけど……。

「色々と大変よね。でも、これが充実しているって事かしら？」

カレンをこんなにも愛《いと》おしく思えるのだから、自分で産んだ子はどれくらい可愛《かわい》いのかしら？

いつかシリウスとの間に授かる子に思いを馳《は》せながら、私は走り出した二人の後を追いかけた。


そして私たちがシリウスの下へ戻るなり、カレンは自分の思いをぶつけていた。

「先生！　カレンに『マグナム』って魔法を教えてほしいの！」

ああもう……確かに盗み聞きをしていた事は話していないけど、それはもう話しているようなものでしょうが。

「……いいよ」

ほら、すぐに察したシリウスが私を見て苦笑しているじゃない。

怒っていないからいいけど、シリウスからの視線が少しだけ痛かった。


――――　シリウス　――――

物資の補給と装備の点検が済んだ次の日、村を出発しようとした俺たちを、イルアが家族と共に見送りに来てくれた。

昨日は悪漢に攫《さら》われそうになったイルアであるが、薬で眠らされていただけなので後遺症も特になさそうだ。一応『スキャン』で診察したが、彼女の体は健康そのものである。

何が起こったのか詳しく覚えていなくとも、カレンが必死に助けようとしていた事は薄れゆく意識の中でも覚えていたらしく、目覚めと同時にカレンへ感謝の言葉を伝えるどころか友達になってほしいと言ってきたのだ。

こうしてめでたく友達同士になれた二人だが、早くも別れの時間が迫っていた。それでも二人は笑みを浮かべ、手を繋《つな》ぎながら別れの言葉を伝えている。

「また家に泊まりに来てね、カレンちゃん」

「うん！　また来るよ」

「絶対だよ！」

それでもやはり悲しいのか目を潤ませているイルアは、徐《おもむろ》に己の髪に巻いていたリボンを外してカレンに渡していた。

「これ、カレンちゃんにあげる。大事にしてね」

「いいの？」

思いがけない贈り物に茫然《ぼうぜん》とするカレンだが、すぐに笑顔になって大切そうにリボンを握り締めた。

こういう時はお返しするべきだとこっそり告げてやれば、カレンは服の中に手を突っ込み、そこから純白の羽根を一枚取り出したのである。見たところ、あれは自分の翼から取った羽根のようだ。

「わぁ……綺麗な羽根。どこで見つけたの？」

「私のつー……えーと……ひ、拾ったの！　カレンの大切な物だけど、イルアちゃんにあげる！」

少々危なかったが、カレンの口が滑らなかったようで何よりである。お互いの安全の為に、今はまだ有翼人であるという事は知らない方がいいからだ。

カレンが何故《なぜ》羽根をプレゼントしたかだが、おそらく有翼人の羽根は希少な物でもあるという話を思い出したからだろう。

そんな真心も籠った羽根を受け取ったイルアは、目を輝かせながらその羽根を眺めていた。

「凄《すご》いなぁ、まるで宝石みたい！　カレンちゃん、ありがとう！」

「うん。リボンも大切にするね」

見た目が美しいだけでなく、しなやかで魔力を通しやすい有翼人の羽根は装飾品としても一級品である。幼いイルアにそれはわからないと思うが、友達から貰《もら》った物という何物にも代えられない価値がある筈《はず》だ。

一緒にいた時間は短くとも、子供同士にしかわからないような深い絆《きずな》が築かれたのだろう。友達どころか親友と呼べるような二人が抱き合う姿を、俺たちは穏やかな表情で眺めるのだった。

《ただ主が為に》

カレンに親友が出来た村を出発した、その日の夕方。

今日も皆で手分けして野営の準備をしていると、焚火《たきび》の前に座ったカレンの楽しそうな鼻歌が聞こえてきた。

「ふんふふん……にへへ」

「……ご機嫌なようですね」

「ああ、今日はずっとあんな感じだぜ」

「昼食の時も気にしていたし、後で注意した方がいいかしら？」

俺の隣で料理の手伝いをしていた姉弟とフィアが呆《あき》れた表情をしているが、その気持ちはわからなくもない。

イルアとの別れ際にリボンを貰ってから、カレンの表情は緩みっぱなしだからだ。移動中も暇を見つけてはリボンを眺め、今もどこに着けるかで悩んでいる。

「こっち？　やっぱりこっちかな？　リースお姉ちゃんはどこがいいと思う？」

「うーん……カレンの髪なら纏《まと》めるより、ワンポイントで着けた方がいいかも」

その隣には自分の作業を終えたリースの姿もあり、カレンと一緒にリボンの位置で悩んでいた。

「リボンであんなにも喜ぶのって、昔の姉ちゃんみたいだな」

「シリウス様からいただいたリボンならば当然です。感激のあまり、身に着ける事すらためらいましたから」

「あの時はリボンが泣いていた気がするな」

せっかくプレゼントしたのに、汚すわけにはいかないと言って中々着けてくれなかったからな。その後、数日に亘《わた》るリースの説得によってようやくリボンを着けてくれたので、色んな意味で安堵《あんど》したものだ。

当時の事を思い出して苦笑していると、狩りに出ていたホクトが大きな獲物を咥《くわ》えて戻ってきた。

「おかえり。今日は少し遅かったたな」

「……オン」

「どうした、何かあったのか？」

いつものように頭を撫《な》でて労《ねぎら》えば嬉《うれ》しそうに尻尾を振るホクトだが、その姿に何か違和感を覚えた俺は、レウスに獲物の解体を任せてからホクトの目を覗《のぞ》き込んだ。

「判断に迷っている……という感じだな。何か気になる事でもあったのか？」

「……オン！」

「えーと……狩りの途中で妙な感覚がしたので、周辺を探ってきたそうですが……」

「何も見つからなかったというわけか。その様子だと敵意は感じなかったようだな」

「クゥーン……」

「嫌な予感はしなかったし、その違和感もほんの一瞬だったから気のせいかも……だってさ」

詳しく聞いたところ、ホクトは相当な範囲……それこそ山一つ分を越えた先まで調べてきたそうだが、結局何も見つからなかったらしい。百狼《びやくろう》は色々と謎が多いし、ホクト自身さえ知らない超感覚で何かの存在を感じたのだろうか？

気のせいならそれでいいのだが、ホクトでさえ感知出来ない存在がいるという可能性もある。

とにかく警戒だけは怠らないようにと気を引き締めていると、俺たちのやりとりを眺めていたカレンが首を傾《かし》げながら質問してきた。

「ねえねえ、先生はエミリアお姉ちゃんみたいに耳と尻尾が生えていないのに、何でホクトの気持ちがわかるの？」

「っ!?　シリウス様に耳と尻尾……悪くありません」

「て……ホクトとは長い付き合いだからな。目と仕草を見ていれば何となくわかるのさ」

「オン！」

他にも尻尾の振り方や体全体を使った動きで察する事も出来るし、その気になれば地面に爪で図や文字を描いて伝える事も可能な賢い相棒だからな。

とはいえこれは長年の経験と勘なので言葉で理解は難しいと伝えると、不意にカレンがホクトの目をじっと眺め始めたのである。どうやら俺の真似《まね》をしているらしい。

「うーん……魔力が食べたいの?」

「……オン」

「違う? じゃあ、ブラシでゴシゴシする?」

「……オン」

「ボールキャッチがしたい!」

「クゥーン……」

「カレン。色々間違っている気がするぞ」

それは理解ではなく、ただの消去法である。

つまりカレンから見ると、普段のホクトは遊んでいるかブラッシング、そして俺の生み出した魔力の塊をねだるかのどれからしい。否定してやりたいところだが、危険がなければ大体そんな感じなので完全に否定出来なかったりする。

そんな少女と狼《おおかみ》のにらめっこは夕食が完成するまで続いた。

その後もホクトの情報から警戒を強めてはいたが、結局何事もなく次の日を迎え、俺たちは野営の片付けを済ませてから移動を再開した。

天候は快晴で、そろそろ訓練を始めようかと思いながら馬車を走らせていたのだが、途中である事に気付く。

「……妙だな。さっきから魔物の気配を感じられん」

「私の鼻でも魔物の匂いを感じません」

「いつものように、ホクトを恐れているんじゃないかな？」

「うん、ホクトは凄く強いもん」

「でもさ、ここまで気配を感じないのは変だぜ？」

百狼は様々な意味で格が違うのか、野生の魔物は本能的に近づくのを避ける。

しかし普段のホクトは周りに影響を与えないよう気配や魔力を抑えているので、近づいて来ないどころか、ここまで綺麗《きれい》に気配が消えてしまうのは明らかにおかしい。まるでこの辺りだけが空白地帯になったかのようだ。

「『サーチ』でも何も感じないか。精霊の方はどうだ？」

「……何も言ってこないわね。何かあればすぐに騒ぎ出すのに、今は静かだわ」

「私も同じだよ。むしろいつもより大人しい感じがする」

「ホクト、昨日と同じ感覚はあったか？」

「クゥーン……」

「あ、これならカレンもわかる。わからないって感じだね」

ホクトの違和感から始まり、魔物の空白地帯に加え精霊が静かときたか。

異常と言える状況ではあるが、現時点で俺たちに全く悪影響はないし、原因を調べる術《すべ》もないので静観する他ない。

念の為《ため》に訓練は中止し、警戒を強めつつ馬車を走らせ続けていたが、結局何も起こらないまま昼を迎えたので、一旦馬車を停《と》めて食事休憩を取る事にした。

「うーん……一体何だろうな、これ」

「何も起こらないから不安って不思議だよね」

「精霊とホクトが何も感じないんだから、私たちが必死になっても仕方がないと思うわよ。適度に気を抜きなさい」

「お腹空《なかす》いた……」

「そうだな。兄貴、俺も腹減ったよ」

「私も……」

「はいはい。すぐに作るからな」

皆に精神的な疲れが若干見え始めているが、カレンがいつも通りなのが幸いだな。傍目《はため》からすれば魔物に襲われない状況なので、平和な旅に見えるからだろう。

ホクトが常に周辺の索敵を続けているし、街道から逸《そ》れて馬車を停めたここは起伏のない平原なので、奇襲される事はまずあるまい。

敵が潜みそうな遠くの遮蔽物には目を光らせながら昼食を完成させ、それを手早く平らげたところでホクトが俺の前にやってきた。

「クゥーン……」

「やれやれ、少しだけだぞ」

ホクト専用のブラシを咥えているので、ブラッシングの催促である。このような状況だが、ホクトは朝から気を張り続けているので、褒美と息抜きも兼ねてやってやるか。

その様子に気づき、各々専用のブラシを手にした姉弟がホクトの背後に並ぶ中……それは突然現れた。


『……嘆かわしい』


瞬間、俺はブラシを放り出しながら振り返り、ホクトと姉弟が身構えた。同時にリースとフィアも動き、声が聞こえた方角からカレンを守るように立ち位置を変えている。

いつでも『マグナム』を叩《たた》き込めるように魔力を集中させていると、何もなかった筈《はず》の空間に靄《もや》のような物が集まり始めたかと思えば……。

『まさか、人に媚《こ》びる百狼を見るとはな』

全身が白銀に輝く巨大な狼が現れたのである。

それは俺たちが見慣れているホクトをそのまま大きくしたような姿……つまり百狼なのだが、その存在感はホクトとは明らかに違っていた。

最初に驚かされたのは、その体の大きさだ。

ホクトは人を二人乗せても平気なくらいに大きいが、目の前に現れた百狼はホクトより二回りは大きく、並べて見ると完全に大人と子供のようだ。

そして最も凄《すさ》まじいのは、その身から溢《あふ》れ出す膨大な魔力だ。

これ程の魔力を放っていながら、誰にも気付かれずここまで接近が出来た点も信じられない事である。

背後の景色が歪《ゆが》んで見える濃密な魔力と、長き時を生きた貫禄《かんろく》と威圧感に足が竦《すく》みそうになるが、仕掛けてくる気配は感じられないので何とか堪える事が出来た。

俺たちでも厳しいのに、この迫力にカレンが耐えられるか心配になるが……。

「わぁ……ホクトより大きい！」

意外な事に、カレンは全く動じていなかった。

考えてみれば、故郷でアスラードといった上竜種たちと一緒に過ごしていたので、大きい相手には慣れているらしい。大きい方が安心してしまう、ちょっと変わった子でもあった。

「それに毛もふさふさ！　背中に乗せてもらえるかな？」

「カレン、後にしなさい」

いや、カレンの好奇心が強過ぎるせいかもしれない。

とはいえ、その御蔭《おかげ》で少しだけ緊張が解《ほぐ》れた。フィアに窘《たしな》められたカレンが下がったのを確認してから改めて相手の動きを観察していると、ホクトを眺めていた百狼が呆れたかのように深い息を吐いたのである。

『人はわかるが、まさか百狼であるお前が気付けぬとはな。腑《ふ》抜《ぬ》けめが……いや、これも人と共に生きている弊害か』

声が聞こえるまで誰も気付けなかったのだから、この百狼はホクトでさえ知らない特殊能力を持っているのかもしれない。ホクトが前日に感じた違和感も、おそらくこいつなのだ。

敵意はないが、ホクトだけでなく俺たちを見下しているのだけは理解出来た。

ふざけるなと言い返すのは簡単だが、百狼の力は十分に知っているので機嫌を損ねる事だけはなるべく避けたい。

そもそも戦う理由もないので丁寧な対応を心掛けようと考えていたのだが、俺の横に立つホクトは完全に敵意を剝《む》き出しにしていた。

「ガルルル……」

『何だ？　人なぞ、その気になれば腑抜けのお前でも蹂躙《じゅうりん》出来る存在であろう？』

「オン！」

腑抜けと言われて怒っているようにも感じるが、ホクトはそんな挑発で怒ったりはしない。もっと別の……俺たちに関する事か？

「ホクトがこんなにも警戒する姿なんて初めて見たよ」

「百狼は謎が多いし、同族と出会ったら戦わなければいけない習性でもあるのかしら？」

「違うよ、フィア姉。ホクトさんは怒っているんだよ。自分はとにかく、兄貴や俺たちの事を見下しているのが許せないんだってさ」

「私の敬愛すべき主《あるじ》と、家族を馬鹿にするなと仰《おっしゃ》っているようです。それでこそ私たちの先輩です！」

人が相手だとあまり気にしないが、自分と同じ百狼から言われるのは我慢出来ないのだろうか？

俺たちの事で怒るその優しさは嬉《うれ》しいのだが、熱くなり過ぎるのも困るので何とか落ち着いてもらいたいものだ。

しかしお互いの意見はすれ違いを続けているようで、ホクトと百狼の会話は次第に熱を帯びていく。

「オン……オン！」

『百狼としての誇りはどうした？　いや、未熟だからこそ人に寄り添うのか』

「それはさすがに聞き捨てならないわね。私たちは今までホクトに何度も助けられてきたのよ」

「未熟なんかじゃない。ホクトは心優しい立派な狼だよ」

「よくわからないけど、ホクトは強いんだから！」

ホクトを貶《けな》されるのが許せないのか、弟子たちも前に出て訴え始めていた。銀狼族《ぎんろう》である姉弟は言い返す事は出来ないようだが、強い意志を持って睨《にら》み返している。

その対応に気分を害する可能性もあったが、冷静な百狼は子供を諭すように俺たちへ告げてきた。

『人がどう思おうと、未熟者なのは間違いない。私たち百狼《びゃくろう》は、土地に漂う魔力を体内に取り込み、その身を成長させていく存在。生まれて数十年は経《た》ちながらも、まだその大きさなのは未熟な証拠なのだ』

「土地の魔力を？」

思い返してみれば、ホクトと再会した場所はそういう場所だったな。

ホクトは居心地がいいからと言っていたが、魔力が漂う場所に留《とど》まる事を本能で理解していたのかもしれない。

しかし俺と再会した事によってそれが滞り、ホクトの成長が止まっているのが百狼は許せないというわけか。

多少の罪悪感を覚えはしたが、人と共にあるのはホクトが自ら選んだ道なので、俺はそれを尊重してやりたい。

そしてもう一つ、先程の言葉に気になる点があった。あの百狼はホクトの事を生まれて数十年と言っていたよな？

「貴方《あなた》はホクトの親を知っているのですか？」

『人よ、百狼に親というものは存在しない。過去に生まれて間もないそいつを、私が偶然見つけたに過ぎん。妙に不思議な行動をする奴《やつ》だと記憶に残っていたが、まさか人に媚びるだけでなく、家畜の如《ごと》く馬車を牽《ひ》いているとは思わなかったぞ』

「ガルルル！」

『確かにお前の勝手だろうが、私は見るに堪えぬ。今すぐその戯れを止《や》めて、魔力を吸収しに行くがいい。出来ぬのなら、そこの人を始末すれば諦めもつくか？』

親が存在しないという点も気になるが、状況が怪しくなってきたので後回しだ。

せめて女性陣だけでもこの場から逃がそうと身構えていると、ホクトが一歩前に出ながら大きく吠《ほ》えた。

「オン！」

『いいだろう。その言葉が真《まこと》であるなら、己《おの》が実力で示してみせろ』

おそらく自分が成長している証拠を見せる為に、ホクトは百狼へ勝負を挑んだのだろう。

魔力を高めながら前に進むホクトだが、勝手に決めてしまった事を不安に思ったのか、途中で申し訳なさそうな目をしながら振り返ってきた。

「俺たちの事は気にするな。遠慮なく行ってこい、ホクト！」

「……オン！」

相手の実力は未知数だが、ホクトより格上なのは間違いないだろう。

だが、俺と前世を生きたお前ならば、強者に挑む事をよくわかっている筈だ。だからこそ、快く送り出してやれる。

そして堂々と歩みを進めるホクトに先手を譲るつもりなのか、百狼はその場から微動だにしない。

『全力で来るがいい。我に一撃でも当てる事が出来れば褒めてやろう』

「オン！」

向こうが動かないならと、ホクトは一定の距離で足を止めて魔力を高め始めた。

そして高まった魔力を開放すると同時に爆音が響き渡り、ホクトの足元が地を蹴った衝撃によって大きな穴が開いていた。

まるで光の矢の如き加速で迫るホクトであるが、相手の百狼は不動のままである。

『……ふむ。速度は悪くない』

どれだけ速く移動しようと真正面からは避けられると考えていたのか、ホクトは魔力で生み出した足場を蹴って己の軌道を強引に変えていた。

更にそのまま何度も空中を蹴り、百狼を中心に周囲を飛び交い続けて相手を攪乱《かくらん》させている。

あれは俺が巨大な敵と戦う時に使う攪乱戦法で、以前俺が上竜種であるメジアと戦う時に使ったやり方だ。相手の近くを高速で移動し続ける事によって攻撃を避けるだけでなく、こちらの狙いを絞らせないようにしているのだ。

ホクトが飛んだ後には一瞬だけ白い軌跡が残り、その無数の白い線によって百狼の体が埋め尽くされたその瞬間……ホクトは仕掛けた。

『だが、所詮は小細工』

しかし……百狼の反応と、尻尾を振るう速度はそれを超えていた。

相手の首筋を狙っていたホクトは防御する間もなく尻尾で叩き落とされ、地面を何度も跳ねながら遠くへ吹き飛ばされたのである。

今の一撃だけで嫌でも理解出来た。百狼との圧倒的な力の差……というものを。

『どれだけ人の戦いを模倣しようと、私の目からは逃れられぬ』

「クゥーー……ン……」

尻尾の一撃によるダメージは予想以上に大きく、ホクトは体を震わせるだけで立ち上がる事さえ困難なようだ。

普通ならばそこで止《とど》めを刺すのだろうが、百狼はホクトを冷めた視線で見下ろすだけだった。

『わかるか？　お前はまだ百狼の力を全く理解しておらん。それが理解出来ぬ限り、お前は私に触れる事さえ出来ぬ』

百狼の指摘通り、ホクトは師匠や俺と戦った経験を元にした戦い方が多い。

狼《おおかみ》ならば牙や爪を多用するのに、ホクトは前足の爪を出さないようにして殴ったりと、必要のない限りはとにかく相手を殺さないように手加減するのだ。簡単に言えば人間臭い戦いをするのである。

これは前世の記憶が影響しているせいだと思うが、そのせいで百狼本来の能力をホクトが使いこなせていない……という事だろうか？

どう考えても絶望的な状況だが、一つわかった事がある。

　ここにいる全員が死ぬ気で戦っても決して勝てない強敵が目の前にいるのに、俺たちが冷静でいられるのは……。

『己の未熟を悟ったか？　いや、たかが数十年の未熟者には早過ぎたかもしれぬな』

　この百狼は、ただホクトを鍛えようとしているだけだと気付いたからだ。

　先輩としてなのか、それともライオルの爺《じい》さんみたいに強者と戦いたいからなのかはわからないが、あの百狼は俺たちに全く興味を持っていない。俺たちを貶してホクトを煽《あお》ったのも、本気を出させる為《ため》の挑発だったようだ。

『いつまで寝ている。その程度ならば、すぐに立ち上がれるだろう』

「……オン！」

　痛みを堪《こら》えながらも立ち上がったホクトは再び百狼へと突撃するが、一瞬にして背後に回り込んだ相手の前足に踏み潰されてしまう。

　その場から逃れようにも、相当な力で踏みつけているのか百狼の足からホクトは抜け出せずにいた。

　地面を砕く力で圧迫され続ける中、ホクトが取った行動は……。

「っ……オン！」

『ぬっ!?』

　口から放った魔力の衝撃波で地面を更に砕き、強引に隙間を作って脱出していた。

　その勢いのまま相手から一旦距離を取るホクトであるが、たった二回の攻防で満身創痍《まんしんそうい》であり、綺麗《きれい》だった毛並みがぼろぼろになっていた。

かつて炎狼《えんろう》と呼ばれる百狼に似た炎の狼と戦った時も苦戦はしていたが、今回はそれを遥《はる》かに超える消耗である。

しかし……ホクトの闘志は衰えていない。

足元さえおぼつかない状態だろうと再び立ち上がって百狼へと挑み、軽々といなされて地を舐《な》めさせられるが、ホクトが止まる事はなかった。

その光景を俺たちは静かに眺めていたが、カレンだけは我慢出来ないとばかりに涙目で俺の服を引っ張ってきたのである。

「先生、何で止めないの？　凄《すご》く……痛そうだよ」

「俺も止めたいさ。けど、ホクトはまだ諦めていないんだ。俺の都合で止めるわけにはいかない」

「でも……」

「辛《つら》いなら無理に見なくてもいい。でもな、戦い続けるホクトの姿だけは覚えておいてほしいんだ」

あれが己の意思を貫き通す者の姿であり、見るだけでもカレンの糧になる筈《はず》だ。だから少しでもいいから心に刻んでおいてほしいと伝えながら、俺はカレンの頭を撫《な》でる。

まだ幼いカレンには難しいかもしれないが、それでも何となく理解はしてくれたのだろう。俺の服の袖を摑《つか》みながらも、静かにホクトの戦いを見守り始めた。

『無駄な攻撃ばかりだな。百狼の本質はそのようなものではない！』

「……オン！」

俺たちを馬鹿にした事が切っ掛けで挑んだ戦いだが、今は別の理由でホクトは戦っている気がする。

おそらく……ホクトは限界を超えようとしているのだ。

最早《もはや》反則とも言えるくらい強者の種族……百狼に生まれ変わったせいで大概の敵が相手にならない。己だけで鍛えるにも限度があるのだ。

更に目の前にいるのは、自分でさえよくわかっていない百狼の先輩である。

この機会を逃さないとばかりに全力を出し切るつもりなのだろう、己が持つ戦法を全てぶつけていた。

しかし、どれだけ優れた能力を持つ百狼だろうと限界はある。

数十にも及ぶ攻撃を受け続けた肉体は悲鳴を上げ、動きが鈍ったところで尻尾の一撃をまともに受けてしまったホクトは、倒れたまま動かなくなってしまったのだ。

『……ここまでだ。今のお前は未熟過ぎて消滅させる価値もない。これ以上、人との付き合いは止めて百狼の本能に従うのだな』

「……もう帰るつもりですか？　まだ戦いは終わっていませんよ」

まだホクトに息があるのを確認した俺は、背中を向けて去ろうとする百狼へ思わず声を掛けていた。

まさか呼び止めるとは思っていなかったのか、百狼は不思議そうに振り返り、皆は驚愕《きょうがく》の表情を浮かべていた。

『何だ？　お前たちはさっさとそいつを置いて消えるがいい。それとも、無駄だと知りつつ私に挑むつもりか？』

「違います。俺の相棒は……まだ負けていません」

前世の俺たちは、圧倒的な存在だった師匠と数えきれない程戦ってきた。

どれ程やられようと強者に挑み続ける精神と、その負けず嫌いは……。

「俺と一緒だろう、ホクト！」

「アオオォォォ――――ンッ！」

その呼び掛けに反応するように、ホクトは遠吠《とおぼ》えと同時に立ち上がった。

己の力を振り絞り、体内で高めた魔力によって光を発し始めるホクトであるが……何か様子がおかしい。

急に唸《うな》り始めたかと思えば、苦しそうに悶《もだ》えて再び地面に倒れてしまったのである。これまで受けた痛みとは違う苦しみのようだ。

その異常さに慌てて駆け寄ろうとする俺たちだが、ホクトから放たれている魔力が暴風のように荒れ狂い、近づく事さえ困難な状況になっていた。

急いで『サーチ』で調べたところ、どうやらホクトの体内にある膨大な魔力が暴れているらしい。

まるで……蛹《さなぎ》が殻を破ろうとしているかのようにだ。

『ほう、腑抜《ふぬ》けでも至ったようだな』

完全に予想外だったのか、静かにホクトを眺めていた百狼《びゃくろう》は初めて驚くような感情を見せていた。

そして苦しみを吐き出すかのように大きく吠えたホクトの体から眩《まばゆ》い光が放たれ、周辺を白で塗り替える強さに俺たちは思わず目を閉じる。

一秒も経《た》たない内に閃光《せんこう》は収まり、ホクトの様子を確認しようと目を開いた俺だが、先程まで倒れていた位置にホクトの姿はなかった。

「……ホクト？」

まさか……限界を超えた魔力に体が耐えきれず、消滅でもしてしまったのか？

俺なりに調べてみたところ、人の肉体の大半が水分で占められているように、百狼の体はほぼ魔力で作られているので、可能性としては十分あり得る。

ただ見守っていた自分の選択は間違っていたのかと、後悔の念が襲うが……。

「オン！」

「あれ？　ホクトだ」

「ホ、ホクトさん!?　いつの間に……」

気付けば、俺の真横に尻尾を振りながら待機しているホクトの姿があったのだ。毛並みは乱れたままだが、今は何事もなかったかのように元気そうである。

俺だけでなく皆もホクトが吠《ほ》えるまで全く気付けなかったのだが、この状況には覚えがある。

誰にも気付かれる事なく、俺たちの目の前で姿を見せたあの百狼と同じだ。

そういえば、ホクトに変化が起こった際に百狼は『至った』とか口にしていた。

つまり何かホクトに変化が起こったと思うのだが、今のところ変わった様子はない。

先程の光は何だったのかと首を傾《かし》げていると、ホクトが甘えるように俺の体に擦り寄ってきたのである。

「クゥーン……」

「んー……お腹《なか》が空《す》いているのかな？」

「そのようだな」

先程の閃光で魔力を大量に消耗したせいか、俺の魔力を催促しているようだ。

相手の百狼はまだそこにいるが、何も言わないので補給を許してくれるらしい。

念の為に百狼へ注意を向けながら魔力を集中させ、いつもより濃縮させて生み出した魔力玉をホクトに食べさせた。

「クゥーン……」

「ふぅ……まだ欲しいのか？」

「オン！」

一個で十分だろうと思っていたのだが、もっと欲しいとばかりに吠えてくる。

　そもそも百狼は大気中の魔力を吸収するので、本来なら俺の魔力を食べる必要はないのだが、ホクトは食べる方が体に馴染《なじ》むのが早いらしい。

　そして普段なら一、二個食べれば満足するか、俺に遠慮をして止《や》めるのだが、今回は五つ食べてもまだ欲しがってきたのである。

　魔力玉を一つ生み出す度に魔力枯渇に陥って苦しいが、ホクトの為なら軽いものだ。

　呼吸を整えながら魔力を回復させ、六つ目を生み出したところで体がふらついてしまったが、横に立つ妻たちが俺を支えてくれた。

「シリウス様、私たちに体をお預けください」

「大丈夫？　一旦水を飲んで落ち着こう」

「無理をするなとは言わないけど、本当に不味《まず》かったらきちんと言うのよ」

　心配はしているが、俺の気持ちを汲《く》んで止めろとは言わない彼女たちの気遣いが嬉《うれ》しいものだ。

　エミリアが汗を拭き、リースがコップに水を用意し、フィアが背中から体を支えてくれる中、俺は再び魔力を集中させて七つ目をホクトへと差し出した。

「クゥーン……」

「遠慮するな。本気で戦うんだろう？」

「……オン！」

　それでようやく満足したのか、ホクトは礼を言うように吠えてから百狼へと向かって歩き出す。その背中は自信に満ち溢《あふ》れており、妙に頼もしく見えるのは気のせいではあるまい。

結構な時間が経っていながらも大人しく待ち続けてくれた百狼は、再び目の前に立ったホクトを見ながら納得するように頷《うなず》いていた。

『なるほど、人をそのように使うとはな。どこでも良質な魔力を得られるとは考えたものだ』

「オン！」

『そのような目で見るな……だと？　魔力を貰《もら》っておきながら何を言っているのだ。それに私からすればどちらでもいい。予想外ではあったが、進化出来たようだからな』

先程の光は進化する際に起こる現象らしい。

そもそも進化とは、周囲の環境に合わせて己の体を変化させるものなので、ホクトに変化が起こったのは間違いなさそうなのだが、今のホクトは保有する魔力と雰囲気以外は特に変わっていない気がする。

進化と呼ぶ割には体の変化が少ないと思っていると、百狼が少し不機嫌になっている事に気付いた。

『だが……解せぬ。何故《なぜ》お前は小さいままなのだ？』

百狼の基準だと、進化をすれば体が大きくなるらしい。

という事は、ホクト自身が望んで体の大きさを変えなかったというわけだが、目の前にある見本をホクトは何故なぞらなかったのだろうか？

　そんな疑問を浮かべる俺たちを余所《よそ》に百狼だけは理解に至ったのか、口元を僅かに緩ませていた。

『……そうか。お前はあくまで人と共にあろうとするのか。本当に変わった奴《やつ》だ』

「オン！」

『ふん、いいだろう。お前の進化を見せてみるがいい』

　今度は前のようにはいかないと吠えたのだろう。

　ホクトが魔力を開放して一瞬だけ光を放ったかと思えば、その白き外見が大きく変わっていたのである。

「ホクト……なのか？」

「見て見て！　ホクトの髪が長くなったよ！」

「あれは髪じゃなくて鬣《たてがみ》だと思うわよ。それにしても、短時間でここまで変わるなんて……」

　一番の変化は、頭部から背中にかけた毛が尻尾に向かって大きく伸びている点だが、不規則に揺れるその毛はまるで炎のようにも見えた。

　己の意思によって変わっているように感じたので、変身という言葉が一番しっくりくる姿であり、変わったのは外見だけではなかったりする。

「なあ、兄貴。なんか急に暖かくなってきた気がしないか？」

「気のせいどころじゃない。寧《むし》ろ暑いくらいだ」

冬ではないが大陸特有の気候で肌寒かった筈《はず》なのに、この周辺だけ明らかに気温が上昇していた。

しかしそれも当然だろう。何故なら、ホクトの全身から凄《すさ》まじい勢いで炎が噴き出しているからである。毛が炎のように見えたどころか、本当の炎へと変化しているのだ。

「あちちちっ!? 火の粉が飛んできたぞ、兄貴。もうちょっと下がろうぜ」

「まるで炎の精霊ね。百狼の謎がまた増えたわ」

「巻き込まれる可能性もありますし、水を用意しておいた方が……リース？」

「シリウスさん。あれはもしかして……」

「ああ。同じだ」

俺たちは過去に、まるで生きているかのように炎を操る存在を見た事がある。

それは炎の精霊が見える男と、その男と共にしていた赤き狼《おおかみ》……。

「まるで炎狼《えんろう》……だな」

ホクトから炎狼は確実に仕留めたと聞いたが、その際に炎狼の魔力を無意識に取り込んでいたのだろうか？

しかし今まで炎を使う素振りは一切見せなかったので、進化する事によって使えるようになったのかもしれない。

『なるほど、中々の炎だ。だが炎如《ごと》きで私が驚くと思ったか？』

「オン！」

まだ終わりじゃないと言わんばかりに吠えたホクトが前足で地面を強く踏み締めれば、体から噴き出していた炎が地面へと伝わって広がり始めた。

炎は地を走るように広がり続け、ある程度広がったところで止まった。するとその炎の絨毯《じゅうたん》から、ホクトの形をした炎の塊が次々と現れ始めたのである。

炎で作られた分身……というわけか。どうやらホクトは炎狼以上に炎を自在に操れるらしい。

俺たちが驚いている間にも炎の分身は増え続け、およそ百を超えたところでホクトは再び吠えた。

「オン！」

それを合図に炎の分身は一斉に突撃し、百狼を包囲するように散開していた。

分身たちの速度はホクトに負けず劣らずで、更に統制された動きを見せており、あの包囲網から逃れるのは不可能に近い。

どれだけ体が大きくて強かろうと、四方から同時に攻められては一溜《ひとた》まりもないが、百狼は冷静そのものだった。

『ほう……面白い使い方をする』

息をするのでさえ辛《つら》そうな熱でも百狼は余裕を見せており、それを体現するように無数に迫る分身を事も無げに対処していた。

ライオルの爺《じい》さんが振るう剣に匹敵する速度で爪や尻尾が振られ、まるで羽虫を落とすかのように次々と分身は迎撃されていく。

ホクトもただ分身をぶつけるだけでなく触れると爆発するようにしているのだが、魔力で全身を守っているのか百狼の体には焦げ目一つすら付いていない。

それでもホクトはその場から動かずに分身を作り続けているのだが、このままでは駄目だとホクトも気付いている筈だ。おそらく百狼がその気になれば、分身をものともせずに正面から突破する事も容易《たやす》いだろうし、持久戦を狙っているにしても百狼が先に力尽きるとも思えない。

ジリ貧であるのは理解しているホクトは何を狙っているのか？

油断している内に何か行動を起こすべきなのだろうが、以前としてホクトは動きを見せない。

『いつまでこのような真似《まね》を続けるつもりだ。私には無駄だと気付いている筈だろう？』

それからも分身はフェイントを交えた様々なパターンで攻め続けるが、全て百狼の爪や尻尾によって防がれていた。

おそらく消された分身は二百を超えただろう。

しかし百狼は疲れた様子を全く見せず、むしろ迎撃する事に飽きてきたのか、いい加減にしろとばかりにホクトへ語りかける。

いつ百狼が攻勢に出てもおかしくない状況の中……遂《つい》にホクトは動いた。

ある。

「アオォォ――ンッ！」

ホクトは己の体を炎で包み、周囲の分身と同じ姿に変わると同時に前へ飛び出したのである。

もちろん他の分身も止まらずに攻め続けているので、その中に紛れてしまえばホクトを探すのは困難を極めるだろう。

俺は遠目から眺めている上に、ホクトの考えが何となくわかるので位置を摑《つか》めてはいるのだが、攻められる側からすれば本物を特定するなんて不可能に近い。

愚直とも言える勢いで分身を作り続けたのもこの為《ため》であり、相手が油断し始めた隙を突く良い攻めだとは思うが、百狼《びやくろう》の鼻と直感はそれを上回っていた。

『愚かな。またも小細工とはな！』

裏の裏を突いて正面から攻めようとした本物を見極めた百狼は、前足を振り下ろしてホクトを地面に叩《たた》きつけていた。

更に魔力で防御をしているのか、炎の塊であるホクトに構わず地面へ押さえ続け、負けを認めなければこのまま踏み潰すと呼びかけていたが……。

『これで――……むっ!?』

そこで違和感を覚えた百狼が力を込めれば、ホクトは炎の残滓《ざんし》を散らしつつ完全に潰されてしまった。

本体が潰れれば分身も消え、それで戦闘は終わる……筈なのだが、周囲の分身は未《いま》だに健在である。

だがそれも当然だろう。何故なら百狼が踏み潰したのは本体ではなく、ホクトを象《かたど》った魔力の塊に炎を纏《まと》わせた囮《おとり》だったからだ。百狼の体が魔力に近いからこその囮だろう。見事に騙《だま》された百狼は再び本物を探すが、すでにホクトは大きく回り込み、分身を盾にして百狼の後方から飛びかかるところだった。すでに体へ纏わせていた炎は消えていたが、その速度は以前より増している。

『中々やるではないか。だが、まだ遅い！』

百狼は即座に反応し、ホクトを叩き落とそうと尻尾を振りかぶっていた。

進化によって炎の能力だけでなく、身体能力も格段に上がったものの、やはりあの百狼の能力は桁違いのようだ。

これでは先程の二の舞だが、ホクトの狙いはそこにあった。

「シリウス様！　ホクトさんが……」

「心配はいらないさ。あいつは……ホクトは俺と一緒に成長してきたんだからな」

そう……ホクトはあえて、相手に尻尾の一撃を放つように誘導したのである。

もし爪や尻尾による直接的なぶつかり合いとなれば、ホクトは確実に負けるだろう。

そんな圧倒的な百狼にホクトが勝っているものは、師匠や俺との付き合いによって鍛え抜かれた技術と、強者を相手に立ち回る経験だ。

更に何度も攻撃を受けた御蔭《おかげ》で百狼の動きに慣れ始めており、幾度にも張り巡らせた布石によって、その尻尾の一撃は僅かに鈍っていた。

その結果、百狼が振るう尻尾に合わせ――……いや、予想していた分だけ先にホクトが尻尾を振るえば、相手の力が乗り切る前に互いの尻尾がぶつかったのである。

「オン！」

『むっ!?』

そのまま押し合いになると百狼は思っていたのだろうが、ホクトの狙いは受け止めるのではなく力を流す事だ。

俺がよく使う受け流しの技術を応用し、尻尾の軌道を僅かに逸《そ》らしながら突破すれば、ホクトの目の前にあるのは百狼の背中である。

そして遂に百狼の無防備な背中に着地したホクトは……。

「アオオォォ――ンッ！」

勝《か》ち鬨《どき》を上げるように遠吠《とおぼ》えをしていた。

てっきり攻撃を叩き込むのかと思っていたが、戦闘前に百狼が一撃でも与えれば褒めるみたいな事を口にしていたのを思い出した。

背中に乗った時点でその条件は満たしたも同然だし、下手に攻撃をして本気で敵対する事になったら俺たちにも危険が及ぶと思い、敢《あ》えて何もしなかったのだろう。何より百狼はホクトを試しているだけのようだしな。

気付けば周りの分身たちが消えている中、しばらく固まっていた百狼は溜息《ためいき》を吐《つ》きなががら背中のホクトへ顔を向けた。

『お前は本当に変わっているな。だが……見事だ』

「オン！」

そして互いの奮闘を称《たた》えるように語り合っているのだが……。

「なあ、兄貴……」

「言うな。俺も同じ気持ちだ」

「可愛《かわい》いね！」

「あはは。カレン、今はそれを口にしたら駄目だよ」

「ふふ……けど私もそう思うわ」

「はい。何だか親子みたいです」

大きい百狼の上に小さい百狼が乗っているという光景に、自然と表情が緩んでしまう。

真面目に会話をしている二人……いや、二《に》狼《ろう》には悪いが、親亀の背に子亀が乗っている感じが微笑《ほほえ》まし過ぎる。

笑いを堪《こら》えている内に話は終わったのか、ホクトは百狼の背中から飛び降りてこちらへと戻ってくる。

その途中、駆け寄ってくるホクトの体が光ったかと思えば、ホクトは変身する前の姿に戻っていた。

「オン！」

「よくやったー……ぐふっ！」

「シリウス様!?」

「兄貴！」

そして喜びのあまり、体当たりする勢いで突っ込んできたホクトに俺は潰されていた。

普段なら受け止められたかもしれないが、今の俺は魔力枯渇の繰り返しによって体に力が入らず踏ん張れなかったのだ。

姉弟の手によって助けられた俺は、調子に乗って反省しているホクトの頭を撫《な》でてやる。

「クゥーン……」

「俺は平気だから心配するな。それよりも、よく頑張ったな」

「そうね。凄《すご》く格好良かったわよ」

「炎もホクトが使うとあんなにも頼もしいんだね」

「ホクトさんの雄姿、この目でしかと見せていただきました」

俺だけでなく皆からの賞賛に、ホクトは尻尾を振りながら喜んでいる。

しかし全体の毛並みが大分乱れてしまったので、今日は念入りにブラッシングをしなければと考えていると、遠くでこちらを窺《うかが》っていた百狼が近づいてきた。

敵意は感じられなくとも、その迫力に自然と身構えてしまう俺たちだが、当の百狼はゆっくりと俺たちの前で伏せてから語りかけてきたのである。

『人よ、警戒する必要はない。元より私は人を襲うつもりはない』

「そう言われても、さっきは俺たちを襲うとか口にしていたじゃないですか」

『そこの未熟を本気にさせる為の虚言に過ぎん。百狼の本分を忘れ、人と寄り添う情けない未熟者かと思っていたが、ここまでやれるのならば考えを改めなければなるまい』

厳しそうな口調ではあるが、それは長年生きてきた百狼の癖みたいなものらしく、こちらが失礼な事を言わない限りは気にしないようだ。

というか、今までの殺気は何だったのかと言いたくなる気軽な接し方に、こちらもどう反応すればいいか困るな。

しかしもう戦うような雰囲気ではないので、早速百狼について色々聞いてみるとしよう。

「という事は、ホクトは貴方《あなた》に認められたという事ですね？　えーと……」

『不本意だが、私に力を見せたからな。それと私に名前はない。お前たちの好きなように呼ぶがいい』

「では百狼様……と。それで百狼様が俺たちの前に現れたのは、ホクトを鍛える為という事でよろしかったのでしょうか？」

『うむ。久しぶりに見つけたと思えば、あまりにも情けない姿に我慢が出来なかったのだ。百狼としての誇りを取り戻してやろうと思って来たのだが、まさか進化に至るとは思わなかった』

他にも百狼は進化について色々と教えてくれた。

大気中から吸収した魔力を体内で結晶のように蓄積し、それが一定の大きさになったら結晶が砕け、膨大な魔力が溢《あふ》れると同時に進化するそうだ。

結晶が砕ける切っ掛けは様々だが、一番わかりやすいのは危機に陥るか、何か強烈な覚悟を秘めた時に起こるらしい。

戦う前の会話で、百狼は魔力の満ちた土地を巡り、留《とど》まるものだと口にしていたが、それも全て進化の為というわけか。

そして自分の事なのに、わからない部分が多かったのが気になっていたのだろう。ホクトがもっと教えてほしいとばかりに吠《ほ》えたので、百狼は呆《あき》れた様子を見せながら語り始めた。

『本来ならば自然と理解するものだが、仕方があるまい。百狼とは各地で魔力を集め続けて進化を繰り返し、最後には精霊へと昇華する存在である。それが百狼の運命《さだめ》だ』

「え、精霊になるの？」

「そんな話、皆から聞いた覚えはないけど……」

「ねえねえ、精霊になったらどうなるの？」

『その先は知らん。私もまだ道半ばであり、精霊となった後の百狼を知らぬからな』

その後も幾つか質問をしてみたが、隠す必要もないのか百狼はすんなりと答えてくれた。

最初に俺たちが百狼の存在に気付けなかったのは、目の前の百狼がすでに何度も進化を繰り返し、精霊に近い存在になっているからだそうだ。

ホクトが変身したように、今の百狼は精霊に近い状態に変わる事が出来るので、その状態になって気配を殺しながら俺たちを観察していたらしい。

それなら水や風の精霊が教えてくれそうだが、精霊からすれば仲間がいると思っているので違和感を覚えないそうだ。

次々と簡単には知りようもない情報が飛び出してくるので、話を聞いているだけでも実に面白い。

特に好奇心が旺盛なフィアとカレンは楽しくて堪《たま》らないようだな。

「本当に興味深い話ばかりね」

「もっと聞きたい！」

「ああ。進化とか、百狼は本当に不思議な存在だな」

己を精霊に近づけるのが百狼の本分か。

ホクトもいずれそうなるのかと思うが、当のホクトは首を傾《かし》げている始末なので、百狼は頭を横に振りながら溜息を吐いている。

何故《なぜ》わからん……と、悩んでいる姿が妙に微笑ましいなと思っていると、リースが何かに気付いて質問をしていた。

「あの、さっき百狼には親がいないって言ってたけど、それならどうやって数を維持しているんですか？」

「そっか、番《つがい》がいなきゃ子供は出来ないもんな」

『百狼は人とは違う。進化を何度か行った百狼は、蓄えた魔力を使って己の分体を生み出す時があるのだ』

喩《たと》えるなら、百狼《びゃくろう》はスライムのように己の身を分割し、それが独立して新たな百狼になるわけか。

己の魔力を削って生み出している時点で親のようなものだとは思うのだが、百狼の感覚からすると違うらしい。

そう考えている内に、俺はある考えが浮かんだ。はっきりと口にはしていないが、この百狼はホクトを生み出した親のような存在ではないのか……という事に。

まず目撃情報の少なさと希少性から、百狼全体の数はかなり少ない筈《はず》だ。

それなのにホクトが生まれた直後を偶然見つけ、偶然再会し、ホクトの姿に呆れはしても面倒を見ている上に助言までしているのだ。同じ種族だからなのか、それが百狼の特徴という可能性もあるが、本能で理解しろと言うわりにここまで構うものなのだろうか？

何より突き放すような言葉の節々から、子供を厳しく育てる親のような温《ぬく》もりを感じるのだ。

「クゥーン……」

「はいはい、後でブラッシングしてやるからな」

『はぁ……やはり情けない。百狼の誇りをどこへやったのだ？』

今は憐《あわ》れんでいるような目を向けているが……きっとそうだと思う。

それから百狼が去るのを見送った俺たちは、水場に近い良さ気な場所を見つけて野営の準備をしていた。

　時間的にまだ移動は可能だが、百狼と本気で戦ったホクトの疲労を考えたからである。

俺もまた魔力を何度も振り絞ったせいで疲れていたせいか、皆から野営の準備をせずに休んでいろと言われた。

　というわけで、俺は火の番をしながらホクトのブラッシングをしていた。

「それにしても、とても強いのに不器用な御方《おかた》でしたね」

「ああ。心配するのは別に悪い事じゃないのにな」

　俺に紅茶を持ってきてくれたエミリアが百狼を思い出して笑みを浮かべていたので、俺もブラシを動かしながら同意する。

　実は百狼との別れ際にホクトについて聞いてみたのだが……。

『これは俺の予想なのですが、貴方はもしかしてホクトの──……』

『ではな』

　その内容になると、百狼は逃げるように走り去ってしまったのである。

　あれは答えたくないというより、恥ずかしがっているような気がした。

　本来なら手出しするつもりはなかったのに、我慢が出来なくて構ってしまった……そんな親馬鹿な人と同じ空気を感じたのだ。

　見た目と全く違う性格な百狼に苦笑していると、近くでホクトの尻尾を弄《いじ》って遊んでいたカレンが残念そうな声で呟《つぶや》いたのである。

「あーあ。カレン、あの大きなホクトに乗ってみたかったな」

「何でもかんでも乗ろうと考えては駄目ですよ。もし乗るのであれば、相手の許可をきちんと得てからにしましょうね」

エミリアがやんわりと注意している間に、体の片側のブラッシングが終わったので、ホクトはすぐに向きを変えていた。

「クゥーン……」

「まあ……百狼が心配するのも無理はないかもしれないな」

だらしなく寝転がり、無防備に腹を見せながらブラッシングを堪能している姿を見てしまえば、情けないと口にしたくなるのもわからなくはない。百狼と戦っていた時の勇ましさはどこへ行ったのやら。

「ふむ……やはり毛の質感が変わっているな。これも進化の影響なのか？」

「今更聞くのも何ですが、ホクトさんに触れて熱くはないのですか？」

「それは大丈夫だ。熱いのは変身している間だけで、今は普通通り……いや、以前より触り心地が良くなっているぞ」

俺の話を聞いていた皆も興味が湧いたのか、各々の作業を中断してホクトを触りに来た。

「どれどれ？　へぇ……本当に違うわね。ますます癖になりそう」

「尻尾の艶も凄いぜ。俺もこれくらいになりてえなぁ」

「今日はホクトの上で寝ていい?」

「クゥーン……」

だらしない声色で返答するホクトによると、その気になれば今の状態でも熱を発する事が出来るらしく、俺が望めば暖房器具にもなるそうだ。

「尽くしてくれるのは嬉《うれ》しいが、それでいいのかお前は? 仮にも伝説の狼《おおかみ》だろうに」

「オン!」

「この大陸に来てからシリウス様が一番寒がっていたので、望むところだそうです」

本来は身体能力と魔力の向上に加え、体を一回り大きくするのが百狼の進化らしい。

しかしホクトの場合は、体を大きくする代わりに変身能力……炎狼《えんろう》との戦闘経験を元に炎を操る能力を得ていた。

最も攻撃的な属性であり、炎の分身を作っていたように攻撃のバリエーションを増やす為《ため》に炎の力を選んだと思っているのだが、まさか俺が寒がっていたのが理由でこの能力を選んだわけじゃないだろうな?

「……って、それは考え過ぎか。炎なら日常生活でも使い道が多いし、レウスと喧嘩《けんか》しない程度に頼むー……」

「オン!」

「なるほど、私の風でホクトさんの熱を流せば部屋全体を暖められますね。次の宿で試してみましょう」

自分と同じ進化を選ばなかった事を僅かながら残念がっていたので、今度あの百狼に会ったら俺は謝っておいた方がいいだろうか？

そんな一抹の不安を覚えながらもブラッシングは続き、ようやく全体が終わったところで急にホクトが立ち上がった。いつもならしばらく余韻に浸って動かないのに、とある方角に顔を向けたまま固まっているので何かあるらしい。

その方角に『サーチ』を放っても何の気配はないが、もしかして……。

「呼んでいるのか？」

「クゥーン……」

「そうか。こっちの事は気にせず行って来なさい。お前たちだけで語りたい事もあるだろう？」

「オン！」

呼んでいる相手が誰かとは説明するまでもあるまい。

あの百狼が敵となる可能性は低いし、もう戦う理由もないので遠慮なく送り出す俺に、ホクトは礼を言うように吠えてから駆け出した。


――　ホクト　――

主《あるじ》に快く送り出されたホクトは、とある場所を目指して森の中を走っていた。

百狼の巨体で森を進めば枝や木が体に当たりそうなものだが、ホクトはそれを器用に避けながら走り続け。速度を落とす事もなく駆け続けていた。人間とは桁が違う感覚を持つ百狼だからこそ出来る動きだ。

余談であるが、枝が体に当たったところで痛みすら感じないのに全て避ける理由は、せっかく主に整えてもらった毛並みを汚したくないからである。

そして進化をした影響だろう。今までは違和感を覚える程度しか感じなかったあの百狼の気配が、今ははっきりと感知出来るようになっていた。

その御蔭《おかげ》もあり、自分たちの前から去った筈の百狼が、遠くから自分を呼んでいるのがわかったのだ。

本音を言えば主であるシリウスからあまり離れたくはないのだが、自分と同じ百狼と遭遇するのは今回が初めてであり、相手は自分より遥《はる》か高みへと進んでいる百狼である。

その貴重な出会いを無駄にするわけにもいかないので、少しでも早く向かおうとホクトは最短距離で森を駆け抜けるのであった。

百狼の気配は山を二つ越えた先だが、ホクトにとっては大した距離ではない。

途中にあった谷を軽々と越え、ものの数分足らずで到着したその場所は、遠くに巨大な滝が見える大きな川だった。

流れが緩やかになった河原には大きな岩が散乱しており、そこにある一際大きい岩の上に、探していた百狼が静かに伏せてホクトを待っていたのである。

『……来たか』

「オン！」

閉じていた目を開いた百狼は、ゆっくりと近づいてくるホクトを静かに見つめている。

別れ際よりも更に穏やかな雰囲気を醸し出しており、その目を眺めていると自然と心が落ち着いてくるのをホクトは自覚していた。

シリウスが予想した通り、自分を生み出してくれた親のような存在だからだろうか？

だがホクトは甘える為に来たわけではないと、気を引き締めながら百狼へ声をかけていた。

「オン！」

『そう警戒する必要はない。お前とは、もう少し話をしてみたかったのでな』

戦闘になる可能性も考慮していたが、ただの会話だとわかってホクトは安堵《あんど》していた。

もうこれ以上、主を心配させたくはなかったからだ。

ホクトも百狼について聞きたい事があったので来たわけだが、先に百狼の方から質問をしてきたのである。

『お前が人と共にいる点は理解した。だからこそ、お前がその進化を選んだ理由《わけ》を知りたい』

決して悪いわけではないが、ホクトが新たに得た能力は百狼の正道から外れる進化なのだ。

いずれ精霊に到達出来るとしても、余分な力を得る分だけ遠回りになっているようにしか思えないので、百狼は不思議で堪《たま》らないのだろう。

『自分より弱き人を守っているのだろう？　なればこそ、もっと体を成長させて身も心も強くなるべきだ』

強さを求めるのであれば、体が大きい方が有利な場合が多い。

質量と共に力も増すだろうし、巨体になれば自然と抑止力が生まれて周囲も下手に手を出せなくなるだろう。巨体ゆえに動きが鈍るなんて事は、百狼の身体能力の前ではないに等しい。

それなのに体を大きくしなかったのは、ホクトにとって最も大切な事を守る為でもあった。

「オン！」

『人の傍《そば》にいられる為だと？　体が大きくても問題は――……何？　宿の中に入り辛《づら》い？』

目の前の百狼に比べたら小さいが、人の身からすればホクトの体は十分に大きい。

宿の経営者が獣人で、ホクトを理解してくれる人なら宿に入る許可を出してくれるが、その巨体ゆえに宿内へ入れずに馬小屋や倉庫で眠る場合が多かった。

多少の距離があろうとすぐに駆けつけられるが、やはり主の傍にいる方が一番落ち着くのである。

近くならブラッシングの時間が増えるからという最大級の理由もあるが、ホクトは敢《あ》えて口にはしない。

『お前がそこまでしなければならない程、人という存在は弱いのか？』

「オン！」

守るだけでなく、共にいられる事が幸せなのだとホクトは口にしていた。

生まれや種族は違えど、家族のように接し、愛してくれる主の傍がホクトの場所なのである。

そして……。

「オン！」

『ふ……確かにそうだな』

大きさに拘《こだわ》らなくとも、全ては戦い方次第だとホクトは断言していた。

確かに体が大きくなれば強いかもしれないが、それだけではないとホクトはよく知っている。というか、体と心に深く刻まれていた。転生して何倍も大きくなろうと、全く歯が立たない相手が存在するのだから。

それに実際百狼《びゃくろう》の方が圧倒的だった筈《はず》なのに、ホクトにしてやられたのだから百狼も認める他がなかった。

『そこまで考えているのであれば、私はもう何も言わぬ。しかしだ、一つわからない事があるる』

進化の為の戦いを終えてシリウスたちと別れた後も、百狼は遠目からホクトを観察していた。

ブラッシングを受けるホクトの姿に情けないと思いつつも、耳を立ててシリウスたちの会話を盗み聞きしている際に浮かんだ疑問である。

『人と共に生きる道を選びながら、何故《なぜ》お前は人の言葉で語らぬのだ？』

人里に一切現れない偏屈でもない限り、百狼の賢さならば人同士の会話を聞いて言葉を自然と覚えるものなのだ。常に人と共に生きていたのであれば尚更《なおさら》であろう。

だというのに、まるで飼い犬のようにホクトは吠《ほ》えるだけで、小難しい内容になると銀《ぎん》狼《ろう》族姉弟に翻訳させてシリウスへ伝えているのだ。

普通に吠える方が百狼的に楽なのだろうが、意思疎通はしっかりと取れた方が良い筈である。

人と共にいたいのに、人の言葉を使わない。

そんなちぐはぐな言動を指摘されたホクトは、ゆっくりとシリウスたちが野営している方角へと顔を向けた。

そのまましばらく悩んで決意したのだろう、気配を研ぎ澄ませてシリウスたちに聞かれない事を確認してからホクトは口を開いた。

『……私は、あの御方《おかた》の犬だからだ』

転生して伝説と呼ばれる百狼になろうと……。

主人より強く、大きい体になろうと……。

ホクトの心は……魂は、前世で主に飼われていた犬なのである。

そして前世の犬は人と話す事は不可能だった。だからホクトは言葉を口にしない。

ただの個人的な我儘《わがまま》なのだが、ホクトにとって自分と主の関係はこれで十分であり、満足しているのだ。

しかし目の前にいる百狼がそれを理解出来る筈もなく、困惑しながらホクトを眺めていた。

『犬……だと？　人はそれを家畜や玩具《おもちゃ》のように扱うものだと聞いたぞ？』

『私の主は、そのような考えをする小さき御方ではない』

『……理解出来ぬな。欲望が深く、愚かな行為に走りやすいのが人なのだぞ？』

『知っている』

前世で天寿を全うしたからこそ、ホクトは人というものをよく知っている。

人は欲望に忠実で、愚かな事でも平然と行い、集団に流され易《やす》いものだ。

だがそんな人の中にも、主のように確固たる信念や誇りを持つ者が存在するのもホクトは知っているのだ。

『そして先程の問いを補足させてもらうが、私が語らずとも主は心を理解してくださる。

不便だと思った事はない』

　自分より遥かに年下だというのに、その達観した思考と信念を持つホクトを、百狼は複雑な表情で眺めていた。

『そこまで人を信頼しておるのか。だが……今は良くともいずれ後悔するぞ？　百狼と人は生きる時が違うのだからな』

『承知している。そこで聞きたいのだが、私は……百狼の寿命はどれ程なのだろうか？　この場合は精霊になるまでと言うところか』

『お前の進化は普通と違うから、正確にはわからぬ。だが、人より遥かに長い時を生きるのは間違いあるまい。つまり、お前は人の最期を見届けなければならないのだぞ？』

『……構わない』

『何だと？』

『私はそれでいいのだ』

　共にいられなかった悔しさはあるが、前世の飼い犬時代は主と過ごせて幸せだった。

　そして抱きしめられながら看取《みと》られたあの時、自分は死の恐怖に怯《おび》えずに安心して逝く事が出来たのだ。

　だからこそ……。

『今度は私が主を看取る番なのだ。その後の事は、その時に考えればいい』

　その時を迎えるまでは全力で主を支え続け、満足そうに逝く主を見送る。

そして主が寿命を迎える頃には、主の子供たちもいるだろう。

その子供たちを見守るのもいいし、状況次第では主の妻であるエルフと気ままな旅に出るのもいいかもしれない。とにかく将来訪れる絶望を気にして、現在《いま》を疎《おろそ》かにするなんて勿体《もったい》ないのだ。

『とにかく貴方《あなた》が気にする必要はない。それよりも……』

別に百狼に理解してもらわなくても構わないので、ホクトはここへ来た本当の目的を済ませようとしていた。

『もっと百狼について教えてほしい。私はもっと強くなりたいのだ』

主だけでなく、その関係者である彼の妻や仲間……そして将来増えるだろう主の子供たちまで守らなければならないのだ。

己を知り、強さを把握するのは当然だし、何より主が成長しているのに自分だけが足踏みしているなんて情けないにも程がある。

百狼の力を余さず使いこなす為《ため》、ホクトは貪欲に知識を求めるのだった。

その後もホクトによる質問と、百狼からの実技が一段落する頃には二時間近く経過していた。そろそろ戻らないと主たちを心配させてしまうと思ったホクトは、話を切り上げて別れる事に決めた。

目の前の百狼とは違う道を進んでいるのであれば、今後は自分と会う事は滅多にないだろう。

これが今生の別れになるかもしれないと思いながら背中を向けたその時……突如百狼が呼び止めてきたのである。

『そうだ。お前に一つ頼みたい事があるのだが……』

その内容を聞いたホクトは、露骨に嫌そうな感情を見せるのだった。


――　シリウス　――


「おかえり、ホクト」

「……オン」

あれからホクトは二時間程で戻ってきたのだが、何処《どこ》か様子が変だった。

困っているというのか、何か納得がいかないと言わんばかりな複雑な感情を見せているのである。てっきりあの百狼と和解し、有意義な話を聞いて満足気に帰ってくるのかと思っていたのだが、喧嘩《けんか》でもしたのだろうか？

しかし争ったような形跡は見られないので、無事で良かったと安堵の息を吐いていると……それは現れたのである。

『邪魔をする』

俺たちとはもう会わないだろう……と、何となく思っていた百狼が再び俺たちの前に現れたのである。

今度は隠れるつもりがなく、堂々とやってきたのですぐに気付く事が出来たのだが、一体何をしに来たのだろうか？

首を傾《かし》げる俺たちを余所《よそ》に、ホクトの横に立った百狼は俺たち見渡しながら口を開いた。

『そう緊張しなくていい。少し頼みがあってきたのだ』

「頼み……ですか？」

「わ、私たちに出来る事なのでしょうか？」

『大した事ではない。だがその前に、この未熟が世話になっている事を感謝する』

そう言いながら、百狼は隣にいるホクトの頭に左の前足を乗せようとしていた。

おそらく、うちの息子がお世話になっています……という風な事をやりたかったのだろうが、ホクトは残像を残す勢いで横へ移動して避けていた。

『………』

「オン！」

もう一度ホクトの頭に前足を伸ばす百狼だが、再び同じ動きでホクトは避ける。

そのままマシンガンの如《ごと》く繰り出される前足と、高速の反復横跳びがしばらく繰り返された。

「「「「………」」」」

「ホクトも、大きいホクトも速いね！」

この何とも言えない光景を見せられた俺たちはどうすればいいのだろうか？

カレンの無邪気さが羨ましいと思いながら無言を貫いていると、遂《つい》に諦めた百狼が何事もなかったかのように俺へ視線を向けた。

『実はお前に頼みたい事があるのだ』

「……ここは突っ込むところかしらね？」

「見逃してあげようよ」

耳打ちしているフィアやリースと同じく、俺も触れないでおくとしよう。

そして百狼はその頼み事を説明し始めたのだが、その内容に思わず素っ頓狂な声が漏れていた。

「……え？　本気ですか？」

『本気だ。この未熟にやっていた、ぶらっしんぐ……と呼ぶものを私にも頼む』

「オン！」

『何を言う？　そこまで嫌がってはいないではないか。おそらく私に触れるのが畏れ多いのだろう』

厳かで凛々《りり》しいイメージがあった百狼だが、まさかブラッシングを要求されるとは思わなかった。更に揃《そろ》って都合の良い解釈をしている点は親子っぽい。

『無理にとは言わぬ。ただこの未熟を虜《とりこ》にするぶらっしぐとやらが、どれ程のものか気になっただけだ』

「やるのは別に構いませんが、合わないからって文句は言わないでくださいね」

とはいえ、これだけの巨体となればホクト用のブラシを使うしかなさそうだ。

とりあえず先程仕舞《しま》ったホクト専用のブラシを取ってくると……。

「クゥーン……」

「……すまん」

悲しそうに鳴くホクトが俺の裾を咥《くわ》えてきたのである。仕方がないとはいえ、自分専用のブラシを使われるのが嫌なのだろう。

今回だけだからと、ホクトの頭を撫《な》でて何とか説得した俺は、少し緊張しながら百狼《びゃくろう》の前に立った。

このブラシは通常の物より倍近く大きいが、目の前の百狼はホクトより何倍も大きいので小さいくらいである。しかも体が大きい分だけ時間が掛かりそうだ。

覚悟を決め、百狼の側面に回り込んだところで、別のブラシを手にしたリースとカレンが援護しにきてくれた。

「カレンもやる！」

「大変そうだし、私も手伝うよ」

「ああ……私のブラシが」

「俺のブラシ……」

二人が手にしているブラシは、どうやらエミリアとレウス専用のブラシらしい。

悲しんでいるのはホクトと同じ理由だが、使われる相手は銀狼族にとって絶対的な存在である百狼なのだから、むしろ光栄じゃないかと聞いてみれば……。

「それはそれ、これはこれ……です！」

「あれは俺のブラシなんだ！」

拘《こだわ》りは上下関係をも凌駕《りようが》するわけか。

まあ姉弟の場合はホクトと常に一緒だから、百狼に対する敬意や感覚が少し変わってきたのかもしれない。

というわけで、ホクトと姉弟の悲しげな視線が背中に突き刺さる中、妙に緊張感のあるブラッシングが始まった。

「なるほど、百狼によって質感が違うのか。この触り心地も悪くない」

『ふむ……』

「んしょ……っと。これだけ大きいと足だけでも大変だよ」

『ほう……』

「くー……」

何だかんだ夜も遅いので、ブラッシングの途中でカレンは寝落ちしていた。乗りたいと言っていた百狼の背中で眠っているのがちゃっかりしていると思う。

「カレンが寝ちゃったから、私が代わるわね」

『……この翼の人は豪胆であるな』

背中から回収したカレンを毛布に寝かせ、フィアが代わってしばらくブラッシングを続けていると、突如ホクトが百狼へ向かって吠《ほ》え始めた。

「オン！」

『もう十分だと？　まだ半分しか終わっておらんではないか。人よ、首回りをもう一度頼む』

「ガルルル……」

『お前はいつもやってもらっているではないか。ああ、尻尾はもっと強くしても構わんぞ』

ホクトがここまで嫉妬している姿は貴重かもしれない。

百狼は注文が多く、ホクトみたいに尻尾を振ったり腹を見せたりはしなかったが、ご機嫌なのは間違いなさそうだ。気持ち良さそうに目を閉じ、ブラシの感触を楽しんでいるし。

しばらく訴えるように百狼へ吠えていたホクトだが、しばらくすると不貞腐《ふてくさ》れるように背中を向けて伏せていた。

『うむ……悪くないな。そこの未熟が夢中になるわけだ』

「それは良かったです。ブラシが合わないので、満足出来るか不安だったので」

『ではもっと良い物を用意しておけ。機会があれば、またやってもらうかもしれぬからな』

「オン！」

その瞬間、ホクトが聞き捨てならないとばかりに百狼の前へやってきて吠えていた。

かなり本気で怒鳴っているようだが、完全に寛《くつろ》いでいる百狼は鬱陶しげに片目を開けるだけである。

『先程から騒がしいな。決めるのは人なのだから、お前は黙っておれ』

「あー……俺も色々ありますし、確約は出来ないかと。ですが、偶《たま》にでもいいですからホクトを鍛えてくれるなら考えておきますよ」

『……考えておこう』

現時点でホクトとまともな相手になりそうなのは、上竜種たちの長か師匠くらいしかいないからな。何より家族なのだから、ホクトの相手を偶にでもいいからしてやってほしいと思う。

そんな俺の意図を理解したホクトは仕方がなさそうに、それはもう渋々と口を挟むのを止《や》めた。

大変ではあったが、貴重な経験となったブラッシングが終わる頃には更に遠慮がなくなってきたのか、百狼はもう一つ注文をしてきた。

『人が生み出す魔力はどのような感じなのだ？　私にも少し味見をさせてほしい』

「今日はもう上質な魔力を出せませんよ？」

『構わん』

あれから食事も済ませてしっかりと休んだので、多少ならば問題はない。

要望通り、半分程度の魔力を込めた玉を作ってから百狼の口へ目掛けて放れば……。

「オン！」

『何っ!?』

突如横から乱入してきたホクトが、魔力の玉を食べてしまったのである。

まるで油揚げをさらうトンビのように魔力を掻《か》っ攫《さら》ったホクトは、そのまま脱兎《だっと》の如く逃げ出した。

『くっ……油断したか！』

「オン！」

『おのれ！　お前の魔力ごと食らってやろうか！』

そして百狼同士による鬼ごっこが始まった。

風の如く木々の間を駆け抜け、山々を飛び越えるそのハイレベルな鬼ごっこは、俺たちが眠る直前まで続いたとさ。

《鉄壁都市サンドール》

ホクトの生みの親と思われる百狼と別れ、旅を再開した俺たちは、目的地であるサンドールを目指して馬車を走らせる。

魔物が現れなかったのはやはり百狼の仕業だったらしく、百狼が去ると同時に周囲から魔物の気配を感じるようになった。

ちなみに魔物を遠ざけるのは百狼のみが放てる独特の気配らしく、ホクトもまたいずれ使えるようになるだろうと去り際に教えてくれた。

こうして空白地帯を作っていた原因がいなくなった事により、魔物と遭遇する確率が格段に上がってしまったわけだが……。

「オン！」

ホクトが吠えれば大抵の魔物は逃げるし、それでも近づいてくる魔物は俺たちが構える前にホクトが片付けていた。

馬車を繋《つな》ぐハーネスを自ら外して飛び出したホクトが、あっさりと魔物を仕留めて戻ってくるのである。中々忙しそうだが、新しい力を得たので色々と試しているのだろう。普段とは違う動きが色々と見られた。

そしてホクトが進化して一番影響を受けているのは、ホクトとよく模擬戦をしているレウスだろう。

「ちょっ!? そんな動きー……ぐはっ!?」

「オン！」

以前とは明らかにホクトの動きが変わったので、いつもより早くやられて地面に崩れ落ちている。

「レウスの壁がまた上がったようだな」

「先日、あの子はホクトさんの動きに大分慣れたと口にしていましたから、ある意味ちょうど良かったのでは？」

「それもそうか。さて、今日の夕食は何を作ろうかな？」

「はちー……」

「蜂蜜以外でな」

「むぅ！」

先手を打たれたのが悔しかったのか、頬を膨らませたカレンが両手を振り回しながら襲いかかってきた。暴れん坊なのは少し困るが、感情を素直にぶつけてくれる程に気を許している証拠なので嬉《うれ》しくもある。

別にカレンの力で叩《たた》かれても痛くはないのだが、闇雲に攻撃しても無意味だと理解してもらう為《ため》に、俺はあえてカレンの攻撃を片手で全て防いでいた。大人気ない気もするが、これもまた勉強だ。

そのまましばらく好きにさせ、落ち着いたところで俺はカレンの頭に手を置いて宥《なだ》めた。

「ほら、後で蜂蜜のデザートを作ってあげるから、もう落ち着きなさい」

「本当!? 絶対だよ!」

「……まるで過去のレウスを見ているようです」

「私が言うのもなんだけど、今もあまり変わっていない気がする」

「皆、シリウスに甘えたいって事ね。ところで今日の献立だけど、さっぱりしたものが食べたいわね」

珍しくフィアからリクエストがあったので、俺は食材の在庫を思い出しながら献立を考える。

次の目的地であるサンドールも近いし、今なら保存が利く食材を多少使っても問題はなさそうだ。

「小麦粉は残っていたよな?」

「はい。先程確認してきましたが、十分残っていました」

「パンでも焼いてみる?」

「いや、ここは麺……パスタにして、冷製パスタだな」

リクエストのさっぱりした料理はこれでいいとして、後は各自で好きに取れるようにした濃い目のスープも用意するとしよう。そのスープにパスタを入れるのもいいかもしれないな。

というわけでまずはパスタを作ろうとしたところで、レウスとホクトの模擬戦が終わりに向かっていた。

「あああぁぁ――っ!?」

「オン！」

ホクトの前足と尻尾によってお手玉のように空を舞うレウスを眺めながら、俺は小麦粉をこね始めるのだった。


そんな風に時は穏やかに過ぎていき、あの百狼《びゃくろう》と別れてから数日後。

俺たちはようやくサンドールに到着した。

巨大な石を無数に組んで建てられた、国の大きさを象徴する立派な防壁が見えてくると、初めて見る光景にカレンが目を輝かせていた。

「わぁ……凄《すご》い凄い！　アス爺《じい》よりも大きい！　でも、何であんなに大きいの？　もしかしてアス爺みたいに大きい人が沢山いるのかな？」

「あはは。あれは国を守る為に大きくしただけで、人が大きいからじゃないんだよ」

「でもカレンの気持ちはわからなくはないけどな。俺もこんなでけえ壁を見るのは初めてだし」

「騒ぐのはいいけど、そろそろ周りに人が増えてくるからもう少し静かにね。カレンも翼を隠しておくのよ」

「はーい」

何があるのか興味津々なカレンの頭を撫《な》でながら馬車を走らせ、国の入口となる門へと近づけば、人族の門番が俺たちを審査する為に呼び止める。

「お、おお……冒険者か。このような時期によくもまあ来るものだ」

ホクトを見て警戒されたせいか厳しい目で見られたものの、あまり深く勘繰られる事もなく俺たちは通してもらえた。

人が大勢いる場所では色々と説明してきたが、獣人相手以外でここまでスムーズに通れたのは珍しい。

「あの人たち、ホクトさんを見てもあまり驚いていなかったな」

「大きい国だし、似たようなものがよく訪れるのかもしれないわね」

そして見上げる程に高い防壁の門を通り抜けると、俺たちの前には奥へ向かって伸びる整備された道と、広大な草原が広がっていた。

サンドールに入ったのではないのかとカレンが首を傾《かし》げる中、道の先へ視線を向けてみれば新たな防壁が見えたのである。

「あれ？　家も人もないし、向こうにまた大きい壁があるよ？」

「ここからの距離感と大きさからして……あの防壁も相当な大きさですね。あれが第二防壁と呼ばれるものでしょうか？」

「兄貴。本当に俺たちはサンドールに着いているのか？」

「ああ。まだ街並みは見えなくとも、ここはサンドールの敷地内だぞ」

サンドール。

そこは世界で一番大きい国と言われ、別名で鉄壁都市とも呼ばれる国でもある。

その由来は、城を中心にして幾重にも建造された巨大な防壁によって国が守られているからだ。俺たちがかつて住んでいたエリュシオンを囲っていた防壁と同じ……否、それを超える壁がサンドールには五つも存在するそうだ。

ちなみに俺たちが今通ったのは一つ目の防壁で、更に三つの壁を通ればサンドールの城下町が広がっているらしい。

「へぇ……壁が五つもあるのかよ。守りを固める為なのはわかるけどさ、そんなにも必要なのか？」

「うん。沢山あるだけ維持費も大変だし、二つあれば十分な気もするよね」

「疑問は尤《もっと》もだろうが、この国は守りを固めないといけない理由があるのさ」

現在俺たちがいるこのヒュプネ大陸の北には、潮の流れが激しい海を隔てて広大な大陸が存在するらしい。

そこは大型の船でなければ、近づくのさえ難しい未開の地なのだが……。

「その大陸には魔物が大量に住み着いていて、とても人が住めるような環境じゃないそうだ」

「それなら私も聞いた事があるわ。魔物しかいないから、魔大陸と呼ばれているそうね」

「つまりサンドールはその魔大陸に近いから、防壁を何重にもして備えている……というわけですか」

「それでも厳重過ぎないかな？　船でさえ渡るのが厳しい海があるなら、魔物も簡単に来られないと思うけど」

「普通ならそうだろうが、この辺りでは何年かに一度の割合で、ヒュプネ大陸と魔大陸が繋がってしまう自然現象が起こるそうだ」

　原因は不明だが、その周辺の潮が大きく引いて海底の浅い部分が隆起してしまうらしい。道と呼ぶには厳しく、途中で途切れている部分もあるらしいが、とにかく魔物なら通れそうな浅瀬が出来てしまうわけだ。

「そしてその道が出来た事により、魔大陸の魔物たちがこの大陸へ雪崩《なだ》れ込んで来るそうだ。移動する理由は判明してないが、魔物にとってはこちらの方が住み易《やす》いのかもしれないな」

「雪崩れ込んでって……何？」

「沢山魔物がやってくるって事だ。そしてこれだけ守りを厳重にするって事は、それ相応の数がやって来るんだろうさ」

　噂《うわさ》によると大陸が繋がる現象は数日続き、隆起した道が再び海の底へ沈んでも、残った魔物を駆逐するまで戦いは続くらしい。

それ故にサンドールの戦力は非常に高く、王は常に強者や才能を持つ者を集めているそうだ。

「その中で特に優れた者は、王から二つ名を授けられるらしい。実はライオルの爺さんもその一人で、剛剣という二つ名もここから始まったらしいぞ」

二つ名を貰《もら》ったライオルはサンドールの城に仕えていたそうだが、爺さん本人は仕えたつもりは全くなく、ただ食事と寝床を提供してくれる場所としか思っていなかったとか。

一応、日々の食事代という事で頼まれた魔物を倒したり剣を教えていたりしたが、基本的に行動は自由だったらしい。国からすれば剛剣が仕えているという事実があれば良かったので、いてくれるだけで十分だったのだろう。

しかしある日、爺さんが己のライバルにしようと手塩にかけて育てていた弟子たちが傲慢な貴族に殺されてしまい、爺さんは絶望してサンドールを出てしまったのだ。

「最強の剣士に逃げられた無能だと広まるのを恐れたのか、爺さんは隠居する為に姿を隠したと伝えられているようだな」

「何だそりゃ？　国が嘘《うそ》を言っているのかよ？」

「多くの人が住んでいる以上、正直に説明すると都合が悪い時もあるのさ。とにかくサンドールでの行動は色々と気をつけたいところだ」

人が集まれば闇は生まれるものであり、そして身分が高くなる程に闇の深さも増す傾向がある。

故にこういう国の王族や貴族となるべく関わらない方がいいのかもしれないが、俺たちがサンドールを訪れた理由は観光だけでなく、大陸間会合《レジェンディア》で集まったリースの家族と会う為でもある。

その過程で関わってしまう可能性もあるが、しばらくはこちらから接触する必要はないかもしれない。

もしエリュシオンの王だけでなく、リースの姉であるリーフェル姫も来ているのであれば、俺たちの存在に気付いて会いに来てくれそうな気がするのだ。アービトレイの王である獣王を通じて、俺たちがサンドールへ来ている事を知る可能性は高い。

俺が考えている事を皆に伝えてみれば、リースが町の方角を眺めながら笑みを浮かべている事に気付く。

「嬉しそうだな」

「うん。気を付けないといけないのはわかるけど、久しぶりに姉様と父様に会えそうだもの」

「あの町にリースお姉ちゃんの、お父さんとお姉ちゃんがいるの？」

「姉様はいるかわからないけどね。偶《たま》に暴走しちゃう時があるけど、凄く優しくて頼りになる家族なの。きっとカレンも好きになると思うよ」

何だかんだで、一年以上は会っていないからな。

積もる話も沢山あるだろうし、再会出来たらフィアとカレンを紹介だけでなく、互いの近況をゆっくりと語り合いたいものだ。

「あのお二人にフィアさんとカレンを紹介したら驚きそうですけど、もっと重大な事を伝えないといけませんね」

「あ……うん。姉様は喜んでくれそうだけど、父様がちょっと心配かも」

重大な事とは、おそらく俺の妻になった事だろう。

恥ずかしそうにしながらも家族にどう説明するか悩むリースの横で、フィアもまた腕を組みながら悩んでいた。

「リースのお姉さん……か。皆がシリウスの妻になったのなら、その人は私にとっても義理の姉になるのよね。出来るなら会ってしっかりと挨拶したいわ」

「年齢的にフィア姉の方が姉ちゃんじゃねえのか？　だって三百歳は軽く超えてー……」

「まあ、その点は会ってから考えましょうか。それとレウス。私はまだ二百代だし、そもそも女性に対して年齢の事を軽々しく口にしては駄目よ」

「え……おあああぁぁぁ――っ!?」

口を滑らせてしまったレウスは、フィアの魔法によって目の高さまで浮かされ、そのまま縦や横へと回されていた。

まるで前世にあった無重力訓練のように、レウスは空中で無茶苦茶に回転させられているのだが……。

「フィア姉！　これ結構鍛えられそうだから、もっと速くても大丈夫だぜ！」

「……この子も頑丈になったものね」

ホクトとの模擬戦といい、皆から玩具《おもちゃ》にされているようにしか見えないレウスだが、本人は嫌な顔一つせず己の糧にしているようである。まあ……向上心があるのは結構な事だ。そして色んな意味で成長しているレウスを見たカレンは、翼を激しく動かしながらフィアの袖を引っ張っていた。

「レウスお兄ちゃんだけずるい！　カレンもやりたい！」

「貴女《あなた》もやってみたいの？　別にいいけど、気持ちが悪くなったらすぐに言うのよ？」

「うん！」

「子供って、ぐるぐる回されたりするのが結構好きだよね」

「はい。私も昔、お父さんにやってもらいました」

二人が言っているのは、おそらく両手を繋《つな》ぎ合ってその場で回転するやつだろう。あれは目まぐるしく変わる景色と風を切る感覚が楽しいのだろうが、フィアのはちょっとしたアトラクションだと思う。

青年と少女が空中で回転するという異様な光景の中、俺たちは周囲に気を配りながら街道を進むのだった。

二番目の防壁までの距離はそれ程でもなかったが、先程通った三番目の防壁から次の防壁までは随分と距離があった。

この間だけは馬車でも数時間は掛かるくらいに離れているのだが、その理由は俺たちの目の前に広がる光景を見れば納得出来た。

「おお……凄《すご》い広さだな」

「アービトレイも同じような感じだったけど、向こうより更に大きそうね」

「え、これ全部畑なの!?」

街道に沿って歩き続けてちょっとした小高い丘を越えれば、視界を埋め尽くす程の畑が広がっていたのである。目を凝らせば農民の住処《すみか》と思われる家屋が点々とあり、遥《はる》か遠くには第四の防壁が見える。

「家の畑と全然違うね！」

「まあ、カレンの住んでいた集落と違って国を支える畑だからな。これだけ広くないと賄えないだろう」

「次の門まで妙に遠いのはこういうわけなんだね」

広大な畑を見た弟子たちは納得するように頷《うなず》いているが、距離があるのは他にも理由がありそうだ。

魔大陸の魔物も危険だが、国が大きくなれば人同士の争い……侵略者も現れるものである。今は国同士の争いは滅多に起こらないが、昔は頻繁に起こっていたらしい。

おそらくこの辺りだけ異様に土地が広いのは、敵が第一、第二の防壁を突破した場合、ここで軍隊を展開し易くする為《ため》だろう。注意深く観察してみれば陣を築き易い箇所が幾つか見られる。

他にも敵の襲撃に備えた工夫が幾つか見られるので、サンドールを築いた先祖たちは必死にこの地を開拓したようだ。

「その志を受け継いでいる国……か。敵に回すと面倒そうだな」

「シリウス様、何かありましたか？」

「いや、ただの独り言だよ。先を急ぐとしようか」

「はい！　うふふ……」

首を傾《かし》げていたエミリアの頭を撫《な》でながら、広大な畑の中心を区切るように伸びる街道を俺たちは進み続ける。

しばらく進んでようやく防壁の門前に到着したのだが、そこには多くの人たちで溢《あふ》れかえり、入場者による長い行列が出来ていた。

並んでいるのは俺たちと同じ冒険者や商人ばかりだが、とある一団を見つけたカレンが俺の袖を引っ張りながら質問してきた。

「あそこに凄く大きい馬車があるよ？　それに大きな檻《おり》も！」

「あれは雑技団の類だろう。珍しい魔物を見せたり、芸をさせてお金を稼いでいる人たちだな」

「魔物が芸をするの？　見たい！」

「まあ……そうだな。余裕があったら見に行ってみるか」

俺たちの前には珍しいどころか、ただ座っているだけでも稼げてしまう百狼《びゃくろう》のホクトがいるのだが……何も言うまい。

ああいう雑技団が出入りするからこそ、ホクトが怪しまれずに通れたのかと考えていると、行列の最後尾を見たフィアが呆《あき》れた様子で呟《つぶや》いていた。

「ある程度は予想していたけど、これは凄い数ね」

「兄貴。これ前に行った、闘武祭が行われていた町より多いんじゃないか？」

「元から多くの人が訪れる国だが、今は大陸間会合《レジェンディア》が近いからだろうな」

大陸間会合《レジェンディア》は各国の重鎮が集まる重要な会合だ。

それ故に開催国へ訪れる王や女王たちは、道中の危険もあって相当の兵を率いてやってくる。

他国の兵が大勢集まれば商人にとっては稼ぎ時だろうし、冒険者は物珍しさに加えて他国の情報を集める事も出来るわけだ。

他にも稀《まれ》な話だが、過去にお忍びで城下を散策していた他国の王が、実力のある冒険者を勧誘して近衛《このえ》にした事もあるらしい。

そんな風に己を王族へ売り込める機会も増えるので、大陸間会合《レジェンディア》の時期には人が多く集まるわけだ。

「これだけ人が集まるって事は、魔大陸の現象はしばらく起きていないって事なのかな？」

「うん！」

「ああ。『氾濫』とか呼ばれているらしいが、数年前に起こった後のようだ。次にその反乱が起こるのは、しばらく先だと聞いたぞ」

詳しくは知らないが、俺たちがエリュシオンの学校にいた頃に起きていたらしい。

まるで一国の軍隊に近い量の魔物が現れたらしいが、後に二つ名を貰った英雄たちの活躍によって魔物はあっさりと退けられ、被害も少なかったので国の人々は大いに沸いたそうだ。

しかしその英雄たちの情報はほとんど入ってこなかったので、時間があれば現地で調べてみようと考えている。

「聞いた話によると、英雄と呼ばれた一人は、剛剣の再来と呼ばれる程の剣士らしいぞ」

「ライオルの爺《じい》ちゃんと同じ強さかよ!?」

「でも噂《うわさ》でしょ？　私は剛剣を見た事はないけど、本当かどうかは怪しいところね」

「私もそう思います。あのお爺ちゃんに匹敵する剣士がいるとは思えませんので」

「どちらにしろ、そう言われるくらい強い奴《やつ》なんだろ？　ライオルの爺ちゃんとの予行練習になりそうだし、出会えたら戦ってみてえな」

正直なところ、剛剣と同じ強さなら俺も興味はある。

しかし噂はあくまで噂であり、剛剣が消えた穴を埋めようとあえて誇張している可能性も高いので、あまり期待はしない方がいいかもしれない。

これ以上の情報は町で聞かないと難しいだろうが……。

「さっきから列がほとんど進んでいないな」

「最悪、今日は諦めてどこかで野営する事も考えた方がいいかもね」

「シリウス様。先程から向こうが騒がしいので、門の方で何かあったようです」

「少し情報を集めた方がいいか。すいません、少しお聞きしたい事があるのですが」

「ん？　何だー……うおっ!?」

列の最後尾に並びつつ、前にいた商人らしき男に話しかけてみれば、面倒臭そうに振り返った中年の男はホクトを見て驚きの声をあげていた。

それはいつもの事なので、まずはホクトが従魔だと説明して落ち着かせてから、改めてこの状況について聞いてみる。

「ああ、進みが遅いのは当然だろうさ。町に入る為の金額が高いって文句を言う奴が多いんだよ」

「己の身分を証明出来れば、金を払わずに通れるものじゃないのか？」

「サンドールは別なのさ。防壁の維持費って事で、金を徴収しているんだよ。けどそこまで高くはないし、安全の為ならと気にしていなかったんだが……」

普段は鉄貨が数枚程度だが、今は大陸間会合《レジェンディア》によって警戒を強める必要があるという名目で、金額が上乗せされているらしい。横暴にしか思えないが、訪れる人が増えればそれだけ警備の負担と経費も増えるだろうし、これも苦肉の策かもしれない。

「だからあそこで文句を言っているのは、ケチな奴か懐に余裕がない連中だろうな」

「おっちゃんは構わないのか？」

「そりゃあ出費が増えるのは痛いけど、サンドールではそれ以上に稼げるからな。とにかくさっさと審査を終わらせたいところだ」

「ですが、この様子では夜に……いえ、今日中に入れるかどうかさえわかりませんね」

「それでも待つのが商人ってもんだ。見たところお前さんたちは冒険者だろ？　急ぎじゃないなら、あっちに泊まれる場所があるぜ」

　商人の男が指した先には、門から少し離れた場所……防壁に張り付くように存在する幾つかの建物だった。

　遠目であるがどの建物も粗末な作りばかりで、世界一大きな国の象徴である立派な防壁の傍《そば》には相応《ふさわ》しくない光景でもある。

「さっきから気になっていたけど、あれは一体何だ？」

「ちょっとした村のように見えますが、途中で見かけた農家の方が住んでいる家とは違いますよね？」

「あれはサンドールに住み辛《づら》くなった奴や、追い出された連中が集まって出来た集落だよ」

　大抵の町で見られる、スラムみたいなものらしい。しかも町の中どころか外に作られているのだから、複雑な事情がありそうだ。

「でも何で放置されているのかな？　ああいうのって、外観を気にする貴族とかが煩《うるさ》そうな気がするけど」

「ああいう連中は追い払ってもすぐに戻ってくるし、その度に兵を派遣するのも面倒だからな。それに、あんな場所でも必要な連中も少なからずいるんだよ」

多くの娼婦《しょうふ》を抱えている店もあるので、隠れて発散しにくる貴族が度々いるらしい。

他にも、ここまで魔物に迫られた時はあそこに住んでいる連中が囮《おとり》になる……という可能性もあって放置しているではないかと、男は小さな声で教えてくれた。景観は損なっても、需要があるので見逃されているってわけか。

「そして娼婦だけじゃなく、今のお前さんたちみたいな冒険者や商人を泊めてくれる宿もあるのさ。治安が良いとは言い辛いが、野宿よりかはマシだと思うぜ」

「そうだな。急いでいるわけでもないし、試しに行ってみるか」

振り返って皆に確認してみたところ、特に反対意見はないようだ。

こうしてあの集落へ行く事は決まったが、ついでなのでもう少し男から話を聞いてみるとしよう。これまでの会話からわかるように、目の前の男は何度もサンドールを訪れているのか色々と詳しそうだ。

すると男は金を払っても聞きたい情報も語り出したので、変だと思った俺は一旦話を遮った。

「色々教えてくれるのは嬉《うれ》しいが、随分と饒舌《じょうぜつ》だな」

「暇だから……ってのもあるが、お前さんたちは立派な従魔どころかエルフまで連れているからな。仲良くしておいて損はないと思ったんだよ」

「……本当か？」

「オン！」

「あ、いや……その、あんたの機嫌を損ねたら、そこの従魔が怖そうだし」

「正直な事で」

「普通はそうよね」

知らない内に脅迫のような状況になっていたらしい。

申し訳ないと思いつつも有意義な話を幾つか聞けたので、情報代の銅貨を少し上乗せで渡しておいた。

「へへ、こういう事に律儀な奴は嫌いじゃないぜ。なあ、あんたたちは明日にはそこの門を通るつもりなんだろ？　俺はしばらく町の中で商売をしているから、もし見つけたら顔を出してくれ。ちょっとくらいならサービスしてやるぜ」

ホクトは怖かったようだが貴重な体験だったと笑う男から離れた俺たちは、列から外れてスラムを目指す事にした。


防壁に沿うように馬車を走らせていると、先程から妙に静かだったカレンが、馬車内で剣の手入れをしていたレウスへ質問をしていた。

「ねえ、レウスお兄ちゃん。さっきおじさんが言ってた、しょーふって何？」

「えっ!? そ、それは……兄貴!」

その何とも微妙な質問に、レウスは即座に白旗を上げて救援を求める視線を俺へ向けてきた。

さすがにこの質問はレウスには厳しいだろうし、俺もどう答えるべきか迷う。幼い子へ正直に説明するのもどうかと思うので、上手《うま》い言い方はないかと考えていると、話を聞いていた女性陣が代わりに答えてくれた。

「そうね。娼婦というのは、女性が出来る仕事の一つよ」

「お仕事なの? カレンにも出来るかな?」

「えっ!? えっと……娼婦を知らないのに?」

「もしかして、カレンは働いてみたいのでしょうか?」

「うん。お金をいっぱい稼いで、皆で食事に行ってカレンがお金を払うの! 冒険者ってそういう事もするんでしょ?」

幼いながらも、カレンは冒険者の在り方を考え始めているらしい。

確かカレンの父親が残した本には、世話になった相手にはしっかりと恩を返すのが礼儀……とも書かれていたので、カレンは俺たちにそうしたいと思っているのだろう。

気持ちは凄《すご》く嬉しいのだが、売春で稼いだ金で奢《おご》ってもらうのは非常に複雑である。

「カレン。それよりもっと別な方法でお金を稼がないか?」

「そうですよ。冒険者ならばギルドで稼ぐのが一番です」

「今のカレンだとまだ登録は出来ないけど、町に入ったら一緒に行きましょうか」

「ギルド!? 行く！」

元からギルドに興味があった御蔭《おかげ》でカレンの思考は逸《そ》らせたが、この子の場合は疑問を中途半端な状態で放っておくと勝手に動く可能性もあるので、もう少しだけ補足しておくべきか。

「カレン。娼婦の事はもう少し大きくなったら詳しく教えてあげるから、今は仕事の一つだと覚えておきなさい。それと、他の人の前で娼婦で稼ぎたいなんて言っちゃ駄目だぞ?」

「何で?」

「それもカレンが大きくなればわかる事だ。けどわからないからって気にする必要はないぞ。町に入れば、カレンが見た事のないものが沢山あるからな」

「本当！ じゃあ待つ！」

もちろんカレンにそんな仕事をさせるつもりはない。だがこれから見聞を広める旅を続けるのであれば、いずれそういう世界を知る必要はあるだろう。

人里に近い事もあり、服の下に隠した翼を嬉しそうに羽ばたかせているカレンの頭を俺は優しく撫《な》でるのだった。

「にへぇ……」

「うふふ……」

「クゥーン……」

ついでに、催促するように近づいてきたエミリアとホクトの頭も撫でておいた。

そのまま馬車を走らせ続け、俺たちはスラムへ……いや、この広さから集落と呼ぶべき場所にやってきた。

境界線としてしか意味を成していない小さな柵で囲われ、粗末な木製の家屋ばかりの集落だが、近づいてみればそれは間違いだと気付かされる。

見張りすら立たない集落の入口を通ってみれば、中心ではかなりしっかりとした作りの家屋が立ち並んでいたのである。

宿にしては妙に煌《きら》びやかで大きい建物と、際どい衣装を着た女性が何人か見られたので、貴族がお忍びでやってくるのも納得出来る場所だ。ちなみにかなり過激な格好をした者もいるので、フィアの手でカレンが目隠しされていた。

一部を除き、集落全体の外観をみすぼらしく見せている理由はわからないが、俺としてはもっと気になる事があった。

「兄貴。俺たちがいるのに、こんなにも周りが大人しいってのは珍しくないか？」

「確かにな。こういう場所では、フィアやホクトに惹《ひ》かれる奴が現れそうなものだが……」

「フィアお姉ちゃんは綺麗《きれい》だから、当たり前だよ！」

「あら、ありがとう」

「だから手をどけてほしいの。何も見えない！」

「仕方がないわね。これでいい？」

「………ホクト、尻尾どけて！」

一部で緊張感が欠けているようだが、周囲の状況に俺たちは自然と警戒を強めていた。

建物の陰に視線を向けてみれば、浮浪者らしき姿が何人も見られるのだが……何かが違うのだ。

町からあぶれ、隔離された場所となれば、そこに住む者たちは大抵疲れた目をしている場合が多いし、金になりそうなフィアとホクトを見て目の色を変えたりするものだが、この集落では不気味な程に大人しいのである。

ホクトを恐れているからか？　いや、それもあるかもしれないが、あの視線の動きからして……。

「……俺たちを観察しているようだな」

「私たちを襲う隙を窺《うかが》っているのでしょうか？」

「いや、そういう感じじゃない。こちらから手を出さなければ問題はないと思うが、油断はしないようにな」

俺の勘だが、ここにいる連中はただの浮浪者の集まりではなく、優れた指導者によって統治されている気がするのだ。

裏の組織関係に近い感じもするが、殺気は一切感じられず、ただ珍しくて観察しているように感じなくもない。

まあ、互いに敵対する理由もないし、仕掛けてくる様子はなさそうなので、俺たちが騒ぎを起こさなければ普通の冒険者として扱ってくれるだろう。

「こちらから仕掛けなければ問題はないだろう。普通通りにしていればいい」

「普通って言うけど、私たちの普通って他の人たちと違う気がするけどなぁ」

「今更でしょ？　要は自由に過ごしていればいいのよ」

「私はシリウス様の傍にいるのが普通ですので」

そんな女性陣の呟《つぶや》きを聞きながら宿を探して歩いていると、突如ホクトがある方角を向いたまま立ち止まったのである。

遅れて俺と姉弟もその理由に気付いたが、リースとフィアとカレンは理由がわからず首を傾《かし》げていた。

「どうしたの？　ホクト、疲れちゃったのかな？」

「これくらいでホクトが疲れる筈《はず》がないし、敵が近づいているのかしら？」

「でも精霊は警戒していないし、少なくとも危険はないと思うけど……」

敵意には敏感だが、それ以外にはあまり反応しないのが精霊である。

つまり精霊が見える二人に気付かれずに近づける人物は、知り合いか友好的な相手だというわけだ。しかし今回の場合、フィアとカレンはわからなくても仕方がない。

「この匂い……間違いないぜ」

「リース。あちらを見ればわかりますよ」

エミリアに言われてリースが振り返れば、全身を隠すようなローブを着た一人の女性がこちらへと近づいて来た。

ローブに付いたフードで顔が隠されていても女性だとわかるのは、ローブの上からでもはっきりと自己主張している女性の特徴故である。

如何《いか》にも怪しい人物であるが、警戒は必要ないだろう。特にリースの場合はな。

「……立派に成長なされましたね」

「えっ？」

そして目の前までやってきた女性がフードを下ろせば、リースは満面の笑みを浮かべながら女性に抱き付いていた。

リースが喜ぶのも当然だろう。その女性は……。

「セニア！」

「はい。お久しぶりでございます」

俺たちの前に現れたのは、リースの姉であるリーフェル姫に仕える従者……セニアだったからだ。

セニアは兎《うさぎ》の耳と尻尾を持つ兎族の女性で、従者としてだけでなく戦闘能力や隠密《おんみつ》に長《た》けており、リースにとってはもう一人の姉のような存在である。

そしてセニアもまたリースの事を本当の妹のように思っており、抱き着いてきたリースを愛《いと》おしそうに抱き返していた。

「ああ……わかります。この抱き心地、少し見ない間にこんなにも成長されたのですね」

「もう！　一年以上も経《た》っているんだから当然でしょ？」

「それもそうですね。今のリース様を見れば、リーフェル様はとても喜ぶと思いますよ」

しばらく抱き合い続けていた二人だが、俺たちがいる事を思い出したセニアは名残惜しそうにリースから離れ、こちらへ向き直ると丁寧なお辞儀をしてきた。

「申し訳ございません。喜びのあまりに少々取り乱してしまいました。皆様、お久しぶりでございます」

「セニアさんもお元気そうで何よりです」

「久しぶり、セニアさん！」

「オン！」

続いて俺たちへの挨拶が済んだところで、セニアは初対面となるフィアとカレンへ視線を向けた。

「見慣れない方がいらっしゃいますが、もしかしてあの御方《おかた》が？」

「そう、手紙に書いたシェミフィアーさんよ。それでこっちが最近仲間になった子で……」

続いてカレンを紹介しようとしたのだが、初対面の相手に少し警戒をしているのか、カレンはフィアの背中から顔を半分だけ出した状態で様子を窺っていた。

微笑《ほほえ》ましい光景でもあるが、挨拶はきちんとするべきだと口を挟むよりも先に、少し屈《かが》んだセニアがカレンと目線を合わせながら微笑みかけていた。

「ふふ、とても可愛《かわい》らしいお嬢様ですね。幼い頃のリーフェル様を思い出します」

「理由があって母親から預けられた子で、今は立派な私たちの仲間なの。ほら、この人は安心だから……ね？」

「……うん」

緊張しながらもリースに促されて前に出てきたカレンは、セニアの前に立って御辞儀をしていた。

「は、初めまして。カレンと言います」

少々ぎこちないが、相手が気持ちよく受け取れそうなしっかりとした挨拶である。

その教育をしたエミリアが俺の隣で満足そうに頷《うなず》く中、次は自分の番だと呟きながらセニアは立ち上がっていた。

「私はリーフェル様に仕える従者、セニアと申します。シェミフィアー様。カレン様。以後お見知りおきを」

「ええ、よろしくね。でも私は貴女《あなた》の主《あるじ》じゃないから、様付けなんていらないわよ？」

「いえ、リース様のご友人に失礼な態度は取れませんので」

「カレン様？　カレンって偉い人なの？」

「違うから」

微妙な勘違いを始めるカレンを正していると、周囲を見渡していたセニアが声を潜めながら話しかけてきた。

「もっと話をお聞きしたいところですが、ここは目立つので場所を変えませんか？」

「そうですね。どこか落ち着いて話せる場所を探しましょうか」

「なら宿を探そうよ。元からそのつもりで来たんだし」

「ですが馬車を預けて安全な宿はあるのでしょうか？　私たちはまだこの辺りの治安がよくわかりませんし」

「私にお任せください。安全性が高いだけでなく、多少なら融通が利く宿を知っていますので」

　それから自信満々に答えるセニアの案内によってやって来たのは、集落の中で比較的大きい建物の一つだった。

　しかしお世辞にも外観はあまり綺麗とは思えず、他の客も見られないのでとても繁盛しているように思えない。

　本当にここで大丈夫なのかと密《ひそ》かに思う俺たちを余所《よそ》にセニアは迷う事なく宿へと入り、受付に話を通して部屋の確保と馬車を預ける手続きを済ませ、更にホクトを宿に入れてもいい許可まで取ってくれたのである。

　顔見知りというのもあるだろうが、あっという間に終わらせたその手際の良さにフィアが唸《うな》っていた。

「へぇ……見事な手際ね。姫様の従者をしているだけはあるわ」

「私もまだまだですね。少しでも見習わなければ……」

「姉様の従者だから当然だよ」

「…………」

自分の事のように喜ぶリースの言う通り、王族として多忙なリーフェル姫の従者であるセニアは様々な事に精通している。

だが今のは彼女の能力だけでなく、すでに何度かここを訪れており、この辺りの勝手を知っているからこその動きでもあった。あれだけ大切なリースを嵌《は》めるつもりはないだろうが、再会した時から浮かんでいた疑問が更に深まっていた。

普段は男女別という事で二部屋を借りるのだが、セニアの提案により今回の宿では俺たち全員が寝られるような大部屋を一つ借りる事となった。

まだよくわからない場所で別々の部屋を借りるのは不安だし、セニアも何か事情があるようなので、俺も特に反論はしなかった。

建物の外観からして野宿よりはマシな部屋だと思っていたのだが、部屋の内装は予想以上に良く、居心地はかなり良さそうである。

「中々良い部屋だな」

「ベッドが凄《すご》く柔らかいよ！　ホクト程じゃないけど」

「ホクトさんと比べたら駄目だろ。というか、ホクトさんの上で普通に寝られるのって兄貴とカレンだけだし」

「オン！」

「ベッドだけじゃなく他の家具も立派なものね。外観はあれなのに内装はしっかりしているなんて不思議な宿だわ」

「多少狭いですが調理室もありました。早速使わせていただきましょう」

そうして各々が自由に過ごしている間、セニアは部屋の入口の扉や窓へ近づいて周囲を警戒していた。耳を小刻みに動かしている点から、あまり他人に聞かれたくない事を話すのだろう。

部屋の隅で座っているホクトに目で合図をしながら俺も『サーチ』を発動させてみたが、今のところ部屋の周辺に聞き耳を立てている奴《やつ》はいなさそうだ。

「オン！」

「……俺の魔法では、周囲に怪しい奴はいないようです」

「ありがとうございます。シリウス様とホクト様が確認されたのなら安心ですね」

「他所《よそ》に聞かせたくない話でも？　俺としてはセニアさんがこんな所にいる方が気になるのですが」

俺の問い詰めるような視線に、リースも何か気付いたのだろう。心配するような目を向けながら、セニアの手を握っていた。

「そう……だね。大陸間会合《レジェンディア》で訪れているなら、姉様たちはサンドールの城にいる筈だし。そもそもセニアが姉様の傍《そば》にいないのは珍しいよね？」

「それは……」

「ちょっと落ち着こうか、リース。彼女が困っているぞ」

リーフェル姫の従者を解雇されたという可能性も僅かに浮かんだが、先程の様子からしてそれはなさそうだ。

主を陰から支えているセニアの行動からして、スラムのような場所を訪れる理由はある程度想像が付くが、まずは彼女から話を聞きたいところである。

「答え辛《づら》い事情があるのかもしれない。まずは彼女の話を聞こう」

「お察しの通りです。私はとある理由でここにいるのですが、今は詳しく語れないのです」

「王族の従者なら特命とかあるだろうし、私たちが知ると不味《まず》い情報とかあるわけね?」

「はい。皆様には隠し事をしたくないのですが……申し訳ございません」

俺たち……特にリースへ隠し事をするのが辛《つら》いのか、かなり落ち込んでいるセニアをリースとカレンが慰め始める。

「セニアが謝る必要ないよ。だって姉様の為《ため》なんでしょ?」

「リース様……」

「蜂蜜、食べる? 元気が出るよ?」

愛しい妹分と幼い子の励ましにより、セニアは即座に立ち直って満足気な笑みを浮かべている。

「ありがとうございます。お二人の心遣いは何よりの薬ですね」

「でも、これは聞いても大丈夫だよね？　姉様や父様は元気なの？」

「はい、少しお忙しい様子ですが、とても元気ですよ。毎日のように、早くリース様に会いたいと仰《おつしや》っておられます」

「じゃあ、会う事は出来る……よね？」

「もちろんでございます。ですが、すぐに会うのは難しいかと」

　リースがカーディアス王の娘という点は隠されているので、俺たちを城へ招いて会うのはあまりよろしくあるまい。

　会うのなら町で秘密裏に……となるだろうが、ここは勝手の違う余所の国なのですぐに再会とはいかないだろう。

「私はやらなければいけない事がありますので、リーフェル様の下へ戻るのは夜が明けたくらいになると思います。それからリーフェル様に報告を済ませ、諸々《もろもろ》の準備を考えるに、おそらくリーフェル様と会えるのは明日の夜以降になりそうですね」

「えっと……何でそんなに残念そうなの？　明日の夜でも十分早いと思うんだけど？」

「それだけリースと会いたがっているのかしら？」

「リーフェ姉とカーディアスさんなら当然だと思うぜ」

　大陸間会合《レジェンディア》の詳しい内容はわからないが、各大陸の王族が集まるとなれば色々と忙しいだろうし、城から下手に動く事は出来ないだろう。

それでも情報が伝わったその日の内に会いに来ると口にしてしまうのだから、ある意味恐ろしい程の愛情である。彼女の性格を知っている身としては、政務を無視して会いに来ないだけでもマシと考えるべきかもしれない。

そんな家族の愛情にリースが複雑な表情をする中、エミリアが紅茶とクッキーを用意してくれたので、俺たちはそれを口にしながら話を続けた。

「とにかく、リーフェ姉たちに会えるのは明日以降ってわけだな。俺たちは城に入れないから、町の宿で待っていればいいのか？」

「いいえ、この宿で落ち合う予定です。私がここを借りるように提案したのはその為なのです」

セニアの説明によると、この宿は一見寂れているようにしか見えないが、裏に精通した者が知る合言葉を使えば、秘密を守る部屋……つまり現在俺たちがいる部屋を貸してくれるわけだ。

この部屋はサンドールに住む裏の連中や王族が密かに談合したり、貴族が周囲に知られると不味い女を連れ込んで色々したりと、様々な事に使われているらしい。それゆえに合言葉を知る者は特定の者だけだが、セニアがそれを知っている点が気にもなった。

「部屋に立派な家具類が揃《そろ》っているわけね」

「セニアさんが宿に金貨を何枚も渡していたけど、あれは口止め料ってやつなんだな？」

「その通りでございます。この国を訪れてから色々と調べてみましたが、最も信頼出来る場所がこの宿でした。リーフェル様と秘密裏に会うならばここが一番でしょう」

王族と繋《つな》がりがあると周りに知られてしまえば、不埒《ふらち》な連中に狙われる可能性がある。それを避ける為に、秘匿性の高い場所を選ぶのはわかるのだが……。

「秘密にするのはわかるけどさ、リース姉と会うのにそこまで隠れる必要があるのか？」

「でも姉様が必要だと思っているからそうしているんだよね？」

「はい。こちらで勝手に決めて申し訳ありませんが、必要な処置なのです。そしてもう一つお願いしたい事があるのですが、リーフェル様が来られるまでは、なるべくこの周辺から離れないでほしいのです」

「つまり、俺たちは城どころかサンドールの城下町に近づかない方がいいという事でしょうか？」

「町の中は危険なのかしら？」

「人は大勢いますが、危険という程ではありません。ただ、用心するに越した事はないので」

俺たちが町に入ると不味い理由……か。

事前に得ていた情報から様々な憶測が浮かぶが、あの聡明《そうめい》なリーフェル姫がここまでするって事はリースに何か危害が及ぶ可能性があるのだろう。

ここは忠告に従って、素直に頷《うなず》いておいた方が良いかもしれない。

「わかりました。そちらから反応があるまで、俺たちは町へ入らないようにします」

「いいの？　町の観光を結構楽しみにしていたじゃない？」

「ここへ来たのは宿の確保だけじゃなく、サンドール内の情報を集める為でもあったんだ。だからリーフェル様が来るまで情報集めでもしているよ」

結局は情報不足が問題なのだ。

俺が口にした行動に関してセニアは何も言ってこないので、とにかく町へ入らなければ問題はないようである。

そして情報収集によって本当に不味い国だと判明すれば、すぐに離れる事も頭に入れておくべきかもしれない。

そんな風に俺が考えを巡らしていた頃、子供には少し難しい話が続いたせいか、途中からカレンはクッキーの方に夢中だった。

蜂蜜を使ったクッキーを口一杯に頬張る姿を見たリースは、微笑《ほほえ》みながらハンカチを取り出してカレンの口元を拭っていた。

「ほら、クッキーが頬に付いているよ。動かないでね」

「ん……ありがとう」

「ふふ、すでに母親となる自覚が芽生えているのですね。リース様の成長、セニアは嬉《うれ》しゅうございます」

「な、何を言っているの!?　母親とか……そんなんじゃ……」

「それは残念です。すでにシリウス様とのお子様を授かっているのではないかと私は予想していたのですが、さすがに気が早かったようですね」

「だから早過ぎだって！　奥さんにはなれたけどー……あ!?」

　セニアはこんな性格だっただろうか？　いや、それだけリースに再会出来た事が嬉しくて、気持ちが舞い上がっているのかもしれない。

　話の流れ……というか、本人の自爆によってリースが俺の妻になった事がばれてしまったので詳しく報告すれば、セニアは満面の笑みを浮かべながらリースを抱きしめていた。

「遂《つい》にリース様の夢が叶《かな》ったのですね。おめでとうございます！」

「う、うん……ありがとう、セニア。それで姉様には……その……」

「承知しております。これはリース様の口から直接お伝えするべき事でしょう」

　大丈夫だとは思ってはいたが、セニアから祝福してもらえて安心した。

　問題はリースの家族だが、リーフェル姫は間違いなく祝福してくれるだろうとセニアが断言してくれたので、少しだけ気持ちが楽になった。

　だが一番の強敵は、リースの父親であるカーディアスだろう。

　最初は娘に冷たい態度ばかりだったが、今では立派な親馬鹿になっているからな。事実を知ると同時に真剣で斬りかかってきそうな可能性もあるので、十分に警戒しなければ。

　俺たちに伝える事はそれで全てなのか、用事とやらの為にセニアが一言断りを入れてから部屋を出ようとするが、その彼女をレウスが呼び止めていた。

「なあ、セニアさん。さっきリース姉の夢が叶ったとか言っていたけどさ、リース姉の夢って何なんだ？」

「素敵な男性と出会い、その奥様になる事ですね。リース様と出会って間もない頃に教えてくださった事です」

「ちょ、ちょっと!? いいから！ そんな昔の話はいいから、セニアは早く行って！」

「そんなに恥ずかしがらなくても、とても素晴らしい夢ではありませんか。母様のような素敵な奥さんになりたいと、目を輝かせながら語ったリース様の可愛《かわい》さといったら……」

話の途中だが、セニアはリースに押されて無理矢理部屋から追い出された。

そして残されたリースが恥ずかしそうに頬を染める姿に愛《いと》おしさを感じた俺は、その想《おも》いを伝えるように彼女の頭に手を置くのだった。


それから部屋で宿が用意してくれた夕食を済ませた俺たちは、集落にある酒場へとやってきていた。

大勢で行くと絡まれる可能性も高いので、酒場に連れてきたのはレウスとフィアだけである。ちなみに間違いなく目立つであろうフィアを連れてきたのは、彼女が酒を飲みたがったからである。

部屋に女性と子供だけ残すのも気になるが、ホクトを残してきたので万が一はあるまい。

というわけで、気兼ねなく情報収集に励んでいたのだが……。

「不穏な噂《うわさ》？ そんなの聞かねえし、あったらここに来るわけねえだろ？」

「次にサンドールを治める王子は、素晴らしい御方《おかた》だって町の連中が言っていたな。まあ、前の氾濫で戦った英雄たちを見出《みいだ》したのがその王子だから当然かもな」

「英雄と呼ばれる連中は全部で三人だな。何か神の眼《め》とか天王剣とか御大層な二つ名を持っているそうだが、最後の一人だけは知られていないんだ」

客である冒険者や商人の会話に加わったり、お酒を奢《おご》ったりしながらサンドールについて色々と聞いてみたが、あまり有益な情報は得られなかった。

一つわかったのは、セニアの説明通りサンドールは平和なようで、俺たちが入っても問題はなさそうである。なのに町へ入るなとか、一体何事なのだろうか？

そんな疑問を抱きつつも席を幾つか巡って情報を一通り集めた後、酒場のカウンターで店主や他の客から話を聞いているフィアとレウスの下へと戻った。

「どうだ、兄貴？」

「何か収穫はあったかしら？」

「目ぼしい情報はなかったな。そっちは……聞くまでもなさそうだな」

「ええ、私たちもこれといった情報はなかったわね。マスター、この人のお酒と追加のつまみを貰《もら》える？　このおつまみはこのお酒に合うから、シリウスも試してみて」

「この干し肉も結構美味《うま》いぜ。兄貴も食べてみろよ」

ドライフルーツをつまみにしてワインを楽しんでいるエルフと、大剣を背負った銀狼族《ぎんろう》が干し肉を次々と平らげる姿が珍しいのか、俺たちは徐々に注目を集め始めていた。

多少ではあるが情報は聞けたし、あまり長居しない方が良さそうだと思い始めたその時、明らかに俺たちを狙って近づいてくる気配を捉えたのである。

さっきまでフィアに近づく者は何人もいたが、レウスが殺気を放って全員追い払っていた。しかしレウスに任せっきりなのもどうかと思うので、今度は俺の番だなと身構えていると……。

「なあ、サンドールの情報を集めている奴《やつ》がいるって聞いたんだが、兄さんの事だろ？」

人懐こい笑みで現れた金髪の青年は、フィアを素通りして俺に近づいてきたのである。

そしてこちらの許可なく隣の椅子に座るなり、店主に酒を注文していた。

「マスター、いつものより高いやつをくれよ。今日はいい事がありそうだからな」

「……あいよ」

「誰だか知らねえけど、兄貴に何の用だ？」

それにしても、フィアよりも俺に興味を持って近づいてくる男も珍しいものだ。

年齢は俺より少し上であろう青年の見た目は、周囲と同じ……冒険者とも商人とも取れるような恰好《かっこう》なのだが、どこか常人とは違う不思議な雰囲気を放っている。

「待て、レウス。俺に話しかけてきたって事は、あんたは情報屋と思っていいのか？」

「その通り！　サンドールは俺の庭みたいなものだから、何だって聞いてくれよ」

その自信満々の言葉と、妙な馴《な》れ馴れしさも加わって怪しい青年だが、こういう相手から思わぬ情報を得られる時もある。それに断ったところでただ宿へ戻るだけなので、青年から話を聞いて損はないだろう。

現時点で一番気になっているのはサンドールの情勢だが、まずは試しとして例の連中の事から聞いてみるとしようか。

「なら以前あった魔物の氾濫で、英雄と呼ばれるようになった人たちについて何か知っていないか？　剛剣を超えた剣士や、神の眼を持つ者とかそんな話しか聞かなくてな」

「なるほど、あの連中か。全部で三人なのはもう知っているよな？」

「ああ。『神眼』と『天王剣』という二つ名は聞いたが、最後の一人については全く情報がないのは何故《なぜ》なんだ？」

「まあ当然だろうな。何せそいつだけは城の連中が隠しているんだよ。でも俺はそこら辺の連中とは一味違うぜ？　最後の一人は『竜奏士』って呼ばれている奴だ」

特に期待はしていなかったが、青年の語る内容は曖昧さが一切なかった。

偽情報や作り話という可能性もあるが、目線の動きや淀《よど》みなく語り続けている様子からして嘘《うそ》を吐《つ》いているようには思えない。もちろん内容を全て信じるつもりはないが、興味深い話なので詳しく聞いてみるとしよう。

「マスター。彼にさっきのと同じ酒をもう一杯頼む」

「お、悪いね。それで次は何を聞きたいんだ？」

「英雄たちの二つ名を付けられた由来とかわかるか？　特に神眼というのを詳しく頼む」

「あら、神眼だけでいいの？」

酒とつまみに夢中なフィアであるが、きちんと話は聞いていたらしい。コップを傾《かし》げながら、俺の質問内容に首を傾げていた。

「他は何となく予想が付くからだ。天王剣は剣に優れた者だろうし、竜奏士は……おそらく竜を操れるとかそんなところだろう」

「そうさ。兄さんの言う通り、竜を自在に操れるからそう呼ばれるようになったらしい。けどその姿を見た奴は限られた連中だけで、実は男か女かさえもわかっていないのさ。天王剣の方は有名だから、もう聞いただろ？」

「剛剣の再来とか、力ならば完全に剛剣を上回る剣士だと聞いたが、それは変わらないのか？」

「いやぁ……確かに凄《すご》い力を持っちゃいるが、剛剣程じゃねえと思うぜ。俺の知り合いの剣士がそう言っていたからな」

「やっぱりな。あの爺《じい》ちゃんの力を超えるって絶対嘘だろ」

隣でレウスが呟《つぶや》いていたが、俺もそう思う。

爺さんを超えるとなると、もはやただの化物としか思えないので誇張されている可能性が高い。

「っと、話が逸《そ》れちまったが神眼だったよな？　神眼はとにかく賢い男で、周囲からも頼りにされている奴なんだ。実際、前の氾濫では神眼が指揮を執った御蔭《おかげ》で被害がほとんどなかったらしい」

飛び抜けた力や魔力があるわけではないが、知力に優れた天才軍師というわけか。

更に詳しい説明によると、神眼はまるで神が見下ろしているかのように戦場全体を把握し、先を予想しているかのように適切な判断を下す……という理由からその二つ名が付いたそうだ。

「とまあ、現時点で俺が知っているのはこれくらいだな」

「へぇ、知恵だけで英雄になれるなんて凄いわね。でも竜奏士も含めたその情報が本当だという証拠はあるの？」

「信じるかどうかは兄さんたちの自由だし、それが正しいかどうかを判断するのも冒険者ってやつじゃないのか？」

「中々上手《うま》い事を言うわね」

この情報はサービスみたいなものだったのか、青年は何も要求してこなかったので、俺は更に話を聞こうと懐から金貨を取り出して渡した。

さっきの情報によるチップも兼ねた金貨なのだが、何故か青年は必要ないとばかりに返してきたのである。

「金はいらねえ。その代わり、兄さんにちょっと頼みたい事があるんだよ」

「それが狙いか。内容次第だな」

「そう警戒しなくても、無茶な事じゃないから大丈夫だって。実は……兄さんが連れていたあのでかい狼《おおかみ》を触らせてほしい」

これはまた予想外な要求だな。

つまりこの青年は俺がホクトの主《あるじ》と知ったからこそ接触してきたわけか。

「俺が狼の主だと何故わかった？」

「あんな立派な狼と美人なエルフさんを連れていれば目立って当然だし、狼の様子からあんたを慕っているのは丸わかりだからな」

「なら、百狼《びやくろう》を触りたい理由は何だ？」

「理由だ？　あんなにも珍しくて立派な狼、近くで眺めたり触ってみたいに決まっているだろうが。男のロマンだろ！」

まるで少年のように目を輝かせる青年に気が抜けそうになる中、会話に割り込んできたレウスが鋭い目つきで質問していた。

「あんたはエルフを狙っているわけじゃないんだよな？」

「ん？　そりゃあ、そこのエルフさんは美人だとは思うけど、近くで見るだけで十分だ。俺にはもう添い遂げる相手がいるからさ」

「女としては負けた気分だけど、一途《いちず》なのはいい事ね」

「そんなわけで俺の目的はあの狼を触る事だ。だから狼の主である兄さんに頼んでいるんだが……駄目か？」

一般の人が知らない情報を詳しく知っているかと思えば、子供のように純粋な目をする。

情報屋にしては口が軽そうな青年ではあるが、少なくとも悪い奴ではあるまい。まあどれだけ誤魔化《ごまか》そうが、くだらない事を考えていれば人の機微に敏感なホクトが即座に叩《たた》きのめすだろう。

「いいだろう。ただしホクトが本気で嫌がったら諦めてくれ。俺はあいつの主だが、強制はしたくないんだ」

「ああ、それで構わないぜ。せっかく会えたのに嫌われたくはないし」

「でもホクトさんは今ここにいないぜ？　兄貴、俺が呼んでこようか？」

「いやいや、そこまでしなくていいさ。目立つ兄さんたちならどこへ行ってもすぐにわかるし、また会いに来るからその時にでも頼むよ」

　必ず会える自信があるのか全く不安に思っていないどころか、出会って間もない俺たちが約束を守ると確信しているらしい。

　相手の本質を見極められる鋭い観察眼を持つ男なのか、それともただ欲望に忠実なだけなのか？　どちらにしろ、この青年はただの情報屋ではあるまい。サンドールの中枢に関わっている者か、その関係者が知り合いにいるのだろう。

「他に何か聞きたい事はあるかい？　女は……必要なさそうだし、サンドールの美味い料理店を教えてやってもいいぜ」

「それは是非とも聞きたいな」

　とはいえ有力な情報をまだ持っていそうだし、どこか憎めない男でもあるのでもうしばらく付き合ってみるとしよう。

それからしばらく様々な話を聞き、青年と別れた俺たちは酒場を出て宿へと戻っていた。

「こんな場所だけど、美味《おい》しいお酒を揃《そろ》えている店だったわね」

「目的は果たせたし、中々有意義な時間だったな。だが……」

「ええ。城の方ではかなり面倒な事になっているようね」

青年から得た情報で色々と判明したものの、詳し過ぎて逆に怪しい内容もあった。その辺りはリーフェル姫から話を聞き、互いの情報を照らし合わせて判断するとしよう。

とにかくセニアの言う通り、しばらく大人しくしているべきだと考えながら部屋の扉に手を掛けたところで、俺たちはある違和感に気付く。

「変ね。知らない声がするわ」

「あれ？　この匂いは……」

「まさか……」

咄嗟《とっさ》に『サーチ』を発動させてみれば、部屋内から感じる人の気配が出掛ける前より増えていたのである。セニアが戻ってきた可能性もあるが、増えているのは二人分であり、魔力の反応も彼女ではない。

すると扉の前で立ち止っている俺たちの気配に気付いたのか、エミリアが扉を開けて俺たちを迎えてくれた。

「おかえりなさいませ、シリウス様」

「ただいま。それでエミリア、もしかして中に……」

「はい。お察しの通りです」

苦笑するエミリアの様子から確信を得たので、意を決して部屋に入ってみれば……。

「ああ……もう！　何て可愛《かわい》いのかしら！　まさか天使が増えてるなんて思いもしなかったわ」

「うぅ……姉様。もう少し加減して……」

「天使って何？」

「リースやカレンみたいに可愛い子の事よ。んー……ホクトの感触も相変わらずだし、正に至福だわ」

「クゥーン……」

床に伏せているホクトの背中に寝転がり、左右から抱き寄せているリースとカレンを撫《な》で回すリーフェル姫がいたのだ。

久しぶりに見るリーフェル姫はお忍び用の地味目な服装だったが、一年で成長した魅力を全く隠しきれていなかった。近くに置かれている全身を隠せるローブがなければ、数歩歩かない内に王族だと気付かれていただろう。

それにしても、予定だと会えるのは明日以降になりそうだったのに、たった数時間で現れるとはな。フットワークの軽さは相変わらず……いや、寧《むし》ろ増している気がする。

そして俺たちが戻ってきた事にようやく気付いたリーフェル姫は、笑みを崩さないままこちらへ顔を向けた。

「あら、帰って来たのね。元気にしていたからしら？」

「……お久しぶりです」

「おう！　リーフェ姉も元気そうで何よりだぜ」

「当然よ。だって二人の天使とホクトに囲まれているんだからね」

リースの髪が若干乱れているのは、俺たちが戻って来るまでに散々可愛がられたせいだろう。疲れた表情をしているリースの様子からして、一年を超える離れ離れの反動は凄《すさ》まじかったようだ。

一つ気になるのだが、何故カレンはあんなにも大人しいのだろうか？

「シリウス様。あちらを……」

「ああ、そういうわけか」

近くのテーブルに置かれた、蜂蜜の匂いが残る空の容器で全てを察した。

確かにカレンには餌付けが一番効果的だろうが、さすがに初対面の相手には警戒するものだ。それでもこの短時間でここまで気を許しているのは、リースの家族だと知っただけでなく、リーフェル姫の接し方が上手い御蔭だろう。

「仕事を早く終わらしてくれたセニアには感謝しないとね。はぁ……癒されるわぁ」

「姫様。彼等《ら》が戻ってきましたし、そろそろ本題に入りませんか？」

「もう少しだけ待ちなさい。ほら、メルトはまだ挨拶が済んでいないんだから、まずは

そっちが先でしょ？」

「はぁ……わかりました。初めての者もいるが、元気だったか？」

リーフェル姫に振り回されているのは相変わらずのようだが、彼女の幼馴染《おさななじみ》で護衛でもあるメルトは以前より大きく変わっていた。

鍛え抜いた筋肉で体全体が一回り大きくなっているのもあるが、一番の変化は見た目ではなく精神面だろう。

前は常にリーフェル姫の周囲に気を配り続け、張り詰めた糸のような感じがよく見られたが、今は自然体のままリーフェル姫に意識を向ける余裕がある。

俺たちが旅立った後で何があったのかは知らないが、メルトは死線を何度も潜《くぐ》り抜けた達人の境地へ近づきつつあるらしい。どうやってそこまで鍛えたのか、後で詳しく聞いてみたいところだ。

「こちらこそ、お久しぶりです。それより……相当鍛えたようですね。以前とは明らかに違うのがわかります」

「ああ。何度も死にかけ……苦労したからな。それにお前たちも随分と鍛えているようだな。特にレウスの成長はよくわかる」

「そうか？　じゃあ今度、俺と戦ってみようぜ」

子供のように無邪気な笑みのレウスに、メルトは時間があればと口元をほころばせながら答えていた。

「ところで、セニアさんはどうしたんだ？　リーフェ姉とメルトさんがここにいるって事は、用事は済んでいる筈《はず》なんだろ？」

「彼女は城の方だ。姫様がここにいる事がばれないよう、姫様の部屋にいる」

「彼女の事だから、変装くらいはしていそうだな」

「ちなみに私たちは娼婦《しょうふ》と冒険者の変装で来ているわ。私に似た娼婦をメルトが見つけたという設定よ」

「それを説明する必要はありませんよね？」

　残念ながらこのやりとりだけでなく、二人の関係もあまり変わっていないようである。

　リーフェル姫は好意を隠していないので、後はメルト次第なのだが……まだまだ時間が必要そうだな。まあ相手が一国の王女となれば難しいので仕方がないとは思うが、個人的にはメルトを応援している。

「予定では明日以降になると聞いていたのですが、まさかその日の内に来るとは思っていませんでした」

「セニアが優秀だった御蔭ね。他にも、リースがそろそろ来るんじゃないかと思って、密《ひそ》かに準備を進めておいたからよ」

　妹を想《おも》う姉の直感は恐ろしい程に冴《さ》え渡っているようだ。そしてセニアもまた主とリースの為《ため》に張り切ったのだろう。そこまで口にしたところで、カレンに頬擦りしていたリーフェル姫は満足そうに息を吐いていた。

「ふぅ……堪能したわ。さて、そろそろ本題に入りましょうか」

堪能したと言うが、すでに三種の神器と化した二人と一体から離れないのは潔いと言うべきなのだろうか？

心の中で突っ込みを入れていると、真剣な表情になったリーフェル姫が鋭い視線を俺へ向けてきた。

「聞いたわよ、シリウス。貴方《あなた》は私たちのリースを奥さんにするつもりなのね？」

「はい。俺にとってリースは愛すべき女性であり、彼女と添い遂げたいのです。リーフェル様……いえ、リーフェルさん。どうか彼女との結婚を……」

俺のプロポーズを受け入れてくれたものの、すでに両親を失ったエミリアと父親に認められているフィアと違い、リースは婚約の許可を取るべき家族がいるのだ。

王族ではなく、親族へ対する礼儀で深々と頭を下げるが、リーフェル姫は厳しい面持ちのまま俺の言葉を遮った。

「その言葉は、父さんと一緒の時に言いなさい。リースに王位継承権はないし、公式では他人だとしても、皆が揃った時にしっかりと聞かせてほしいのよ」

「わかりました。その時に改めて伝えさせていただきます」

「姉様……」

「もう、そんな不安な顔をしないの。貴女《あなた》を送り出した時から、いつかはこうなるって気はしていたんだから。けど私個人としては……よくやったわ！」

そこでリーフェル姫が表情を崩したかと思えば、リースを更に強く抱きしめながら祝福してくれたのである。彼女の場合はかつて俺を勧誘した事があるから、それを含めて嬉《うれ》しいのかもしれない。

まだ完全に挨拶が終わったわけではないが、不意に視線が合った俺とリースは静かに笑みを浮かべるのだった。

「一応聞くけど、他の子と一緒でいいの？」

「もちろん。だって皆と一緒の方が楽しいし、それに……エミリアやフィアさんと一緒なら、シリウスさんを支えていけるって思ったから」

「そう……貴女が自分で決めた事ならそれでいいわ。シリウス、リースの想いを裏切るような真似《まね》をしたら絶対に許さないわよ。貴方がどんなに遠くへ逃げたとしても、必ず探し出してお仕置きしてあげるわ」

「肝に銘じておきます」

彼女の場合、リースの為なら俺の指名手配くらいは軽くやりそうだからな。

そもそも純粋なリースの想いを踏み躙《にじ》るなんて考えたくもないし、こんなにも家族を大切にする人たちと深い縁が結べた事を嬉しく思う。

「そんなに心配しなくても大丈夫だよ。でもありがとう、姉様」

「リースが幸せなら十分よ。だから早く貴女たちの子供を見せてちょうだいね」

「うぅ……そ、その話はもう終わり！　それよりフィアさんの挨拶がまだでしょ？」

会話の流れを変えようと、ようやく解放されたリースが俺の隣へ手を向ければ、出番を待っていたフィアがリーフェル姫の前に立って深々と頭を下げていた。

「リーフェル様。私はシェミフィアー・アラミスと申します。気軽にフィアとお呼びください」

「もう知っているとは思うけど、リーフェル・バルドフェルドよ。貴女の事はリースからの手紙によく書かれていたわ。とても頼りになるエルフのお姉さん……とね」

相手が王族なのもあるかもしれないが、最初が肝心という事でフィアは普段以上に真剣な挨拶をしていた。

その挨拶を笑顔で受け取っていたリーフェル姫だが、エルフのお姉さんと口にするなり、彼女の雰囲気が急に変わったのである。

「けど……リースの姉として頼りになるのは私の方よ？」

リースの姉という立場は譲れないのか、リーフェル姫は妙な負けん気を見せていた。

「それなら私も負けていませんよ？　私とリースは協力して魔法を放てる、ちょっとしたパートナーみたいなものですから」

そしてフィアもまたリーフェル姫の言葉に引っ掛かりを覚えたのか、ごく自然に言い返し始めたのである。考えてみれば、精霊が見える同士もあってフィアはリースの事を相棒のように、そして妹のように可愛がっているからな。

「私はリースの可愛い部分を沢山知っているわよ」

「それは私もです。普段は奥手なリースも、シリウスとベッドの上にいる時は積極的なのを知っていますか？」

「フィアさん!?」

「……後で詳しく教えてちょうだい。とにかく私とリースは、親は違えど本物の姉妹と同じくらいの絆《きずな》があるの。友では決して到達出来ない絆よ」

「そうですね、確かに私とリースは血の繋《つな》がりはありませんが、夫が同じリースとは義理の家族になりますよね？」

「あら……」

「うふふ……」

不穏な雰囲気だが、舌戦が重要な王族と長い時を生きているエルフなので、こういうやりとりを逆に楽しんでいるようにも感じた。

お互いに本気ではないようなので一安心だが、リーフェル姫に拘束されている二人と一体は巻き込まれては堪《たま》らないとばかりに逃げ出そうとするが……。

「……動けない！」

「ね、姉様？　せめてカレンは放してあげた方が……」

「クゥーン……」

リースとカレンは拘束から抜け出せず、背中の三人を落とすわけにはいかないホクトは動けなかったので、誰一人逃げられなかった。

そんな姉の座を競い合う二人のやり取りはしばらく続いたが。やがて笑みを浮かべながら握手を交わしていた。

「ふふ……貴女やるわね。シリウスと一緒にいるだけはあるわ」

「リーフェル様もね。私は世界を旅して色々な人を見てきたけど、貴女のような強い女性は初めてよ。ところで、お酒はお好きかしら？」

「ええ、お酒は好きよ。今はちょっと難しいけど、その内一緒に飲みながらリースの事についてじっくりと語り合いましょうか」

「望むところよ」

どちらが優れた姉なのかという闘争は次回へと持ち越されたようだ。

何だかんだ似ている部分がある二人なので、一緒に酒を飲んだらあっさりと意気投合しそうである。すでにフィアも敬語じゃなくなっているし。

その証拠にお互いの好きなワインを語り合っているのだが、窓から外を見張っていたメルトが溜息《ためいき》を吐《つ》きながら進言していた。

「姫様。そろそろ時間を気にした方がいいかと」

「そうね。まだ話したい事は沢山あるけど、ここへ来た意味がなくなるわね」

久しぶりの再会で長くなってしまったが、お互いの紹介が済んだところでようやく本題である。

まず気になるのは、何故《なぜ》俺たちはサンドールの町へ入らない方がいいのか……だな。先程の青年からの情報である程度は推測出来るが、彼女からも詳しく聞いておきたい。

「シリウスはさっきまで情報を集めていたのよね？　サンドールで何が起こっているのか聞けたかしら？」

「サンドールの英雄たちと、城でちょっと面倒な事が起こっている……という話を聞きましたね」

情報によると、最近になってサンドールの王が体調を崩しており、次の王位継承で揉《も》めているらしい。

問題なのは、王の継承権を持つ子供が三人いる……という点を伝えれば、リーフェル姫は複雑な表情で頷《うなず》いていた。

「情報統制している筈なのに、やはり漏れるものなのね。誰から聞いたかは知らないけれど、その話は本当よ。だから安易に町を歩けば、貴方たちが巻き込まれる可能性が高いの」

「サンドールの問題なのに、冒険者である私たちが何故巻き込まれるのでしょうか？」

「この国の王位継承はね、本人の実力と実績だけでなく、優れた人材を揃《そろ》えられる事も評価されているの。だから貴方たちみたいな子は、真っ先に狙われるでしょうね」

「俺たちの方で調べたところ、城内にはシリウスとレウスの名と顔を知る者もいるようだ。闘武祭に出たお前たちなら当然だろうな」

別の大陸だとしても、闘武祭の結果はエリュシオンどころかサンドールにまで伝わっているらしい。

つまり下手に町を歩き回って俺とレウスを知る者に見つかれば、城に伝わって勧誘の使者が送られてくる可能性が高いそうだ。

「もちろん勧誘を断って諦めてくれるならいいけど、この国の……城の上層部は曲者《くせもの》が多いみたいでね、目的の為なら手段を問わなさそうな者がいるのよ」

強き者を集めようと実力を重視する傾向と、大国が故に権力に執着する上昇志向が強い者が多いらしい。

つまり、こちらの弱味や人質を握って脅してくる連中がいるから、俺たちに町へ入るなと言ってきたわけか。

「貴方たちが強いのは十分知っているわ。国を一つ相手にしても、何とか出来そうだと思うくらいにね。でもね、関係のない揉め事に自ら飛び込む必要はないでしょ？」

「確かに巻き込まれるのは困りますが……」

「見聞を広めるのはいいけど、サンドールは今じゃなくてもいいと思うのよ。後継者問題が落ち着いてからゆっくりと見物すればいいじゃない」

自分が目を付けた相手が勧誘されるのが面白くないとかではなく、彼女は純粋に俺たちを心配しているのだ。

それはメルトも同じなのだろう。主《あるじ》を援護するように、俺たちを一瞥《いちべつ》してから語り出す。

「リースから聞いたが、お前たちの次の目的地はエリュシオンらしいな？　姫様はまだ滞在しなければならないので、先に戻っていたらどうだ？」

「そうね。一緒に戻れないのは残念だけど、もう数日もすれば大陸間会合《レジェンディア》は終わるから、私たちもすぐに追い付くわ。物資が必要ならセニアを通じて用意させるから、貴方たちはすぐにこの国から離れなさい」

その優しさに満ちたリーフェル姫の言葉に……俺は違和感を覚えていた。

俺たちに危険が及ばないように止めているのはわかるのだが、まだ他にも何か理由がある気がするのだ。

それを見つける為にも、俺は先程の青年から聞いた情報を思い出す。


『……というわけで、サンドールは平和そうに見えても、城の方では次の王が誰になるかで揉めているのさ』

『普通なら嫡男が継ぐものだが、この国はあまり関係ないのか？』

『そりゃあそうさ。だってサンドールは魔物がうじゃうじゃいる魔大陸の近くにあるんだぜ？　どれだけ先に生まれようが、優れた奴《やつ》が統治しないとあっさり滅んじまうだろ』

『それで、王の候補者は三人……だったか？』

『ああ。でも次の王は、おそらく長男のサンジェル様で決まりだろうな。だって以前の氾濫で英雄となった三人を見出《みいだ》し、そのまま家臣にした王子だからな』

話を聞いている限り、その長男……サンジェルが次の王で決まりとしか思えない。

だというのに何故揉めるかと聞いてみれば、青年は周囲を見渡しながら俺たちだけに聞こえる声で教えてくれた。

『実はな、城にはサンジェル様を認められない連中が多いんだよ』

王としての器が足りないとか、様々な理由で彼に不満を持つ臣下が多いらしく、別の後継者を押し上げようと必死になっているそうだ。

『今の王が優秀だから、サンジェル様じゃ無理だと思っているんだろうさ。俺としては、若いからって馬鹿にしているようにしか思えないけどな』

『何だか面倒な連中が多そうだな。なら他の二人はどんな奴なんだ?』

『確か長女がジュリア王女で、次男がアシュレイ王子……だったか?』

『ああ。俺個人の意見だが、ジュリア様は王になる資格は十分あると思うぜ? 武力と知力に優れるだけでなく、男どころか女でも惚《ほ》れちまう美貌を持った御方《おかた》だからな』

長男のサンジェルより少し年下のジュリアは、普段から剣を振るっているらしく、その実力は国で一、二を争う程の腕前だそうだ。

以前の氾濫で天王剣が現れず、そして彼女が王女でなければ、ジュリアの方が英雄と呼ばれていた筈《はず》だと青年は悔しそうに呟《つぶや》いていた。この様子からして、青年はジュリア王女のファンなのかもしれない。

『その話だと、長女の方が王の後継者に相応《ふさわ》しい気がするんだが、何故長男で決まりなんだ?』

『ジュリア様は王位より剣にしか興味がないからさ。あれだけの美人が剣に夢中ってのは勿体《もったい》ない話だよな』

『へぇ、剣に夢中なのか。ちょっと会ってみたいな』

ジュリアにレウスが興味を持ったようだ。美人ではなく、剣の実力者だと聞いて反応するのがレウスらしい。

『おいおい、ジュリア様に簡単に会えると思っているのか？　綺麗《きれい》な人ならそこのエルフの姉ちゃんがいるだろう』

『気にしないでいいわ。この子は強い剣士に興味があるだけだから』

『それで、最後の一人はどんな御方なんだ？』

『アシュレイ様は……無理だろうな。あの御方が王になるのは想像がつかないぜ』

他の二人と違って軽いと言うのか、とにかくアシュレイという男に関しては若干呆《あき》れた表情で青年は語り始めた。

『あの御方は三人の中で最も王位に興味がないのさ。毎日のように町へ出て遊び回っている放蕩《ほうとう》王子様なんだよ。最近はとある娼婦《しょうふ》に熱を上げているとか聞いたな』

『何か……だらしない奴だな。でもさ、そんな男を王にしようとする奴がいるのは変じゃねえか？』

『自分の都合よく王を操る為《ため》だろう。王はただのお飾りで、実際は家臣が国を牛耳っていたという話もあるからな』

『へぇ、やはり兄さんは鋭いな。そうさ、アシュレイ様はそんな連中と関わりたくないから遊びに出ているって噂《うわさ》もあるんだ。まあ俺から見れば、ただ楽しいから遊んでいるだけだと思うけどな』

そこで言葉が途切れたので、青年が知っているのはここまでらしい。

語られた情報が真実かどうかはわからないが、この青年が色々詳しい理由だけはわかった気がする。

俺が心の中で納得していると、口に放り込んだ干し肉を飲み込んだレウスが青年を見ながら首を傾《かし》げていた。

「何であんたはそんなに詳しいんだ？　アシュレイ王子って人にでも聞いたのかよ？」

『まあ、そんなところだ。ばれると面倒な事になるから、黙っていてくれると助かるぜ』

ばらすつもりはないし、これ以上関わる予定もないので素直に頷いておいた。

予想以上に有益な情報も得られたので、俺は青年の分も含めた飲食代を置いて去ろうとしたのだが、青年は最後に気になる言葉を残したのである。

『こいつは俺の勘だが、今の城は相当にきな臭い状況だ。後継者問題だけじゃない……もっと別の何かにな』

『別の何か？』

『正直なところ、俺も上手《うま》く説明出来ねえ。だが……いや、とにかく兄さんたちは気を付けた方がいいぜ。あの狼《おおかみ》を従えている実力者なら、連中は間違いなく絡んでくるぞ』

ホクトは実力で従えているわけではないが、やはり他所《よそ》からするとそう見えるらしい。

そして注文した酒とつまみを全て片付け、話は終わりだと背中を向ける青年に俺は少しだけ忠告をした。少々お調子者な点もあるが、ある意味で真《ま》っ直《す》ぐな青年が個人的に少し気に入ったからだ。

『気付いているかわからないが、相手と話す時は目線だけじゃなく、瞬きに注意した方がいいぞ。嘘《うそ》を吐いている時は無意識に瞬きの回数が増えるんだ』

『本当かよ!?　くそ……あいつはそうやって俺の嘘を見破っていたのか?』

俺の忠告に覚えがあるのか、素直に受け入れた青年は爽やかな笑みを浮かべながら去って行った。

……思い出してみるに、青年の警告は俺たちへの強引な勧誘以外にも、得体の知れない何かがあるからと感じた。

そしてリーフェル姫の言葉からは、優しさ以外にも俺たちに来ないでほしいという懇願も含まれている気がしたので、彼女自身が面倒事に巻き込まれている可能性も高い。

ここを訪れた時にセニアがいたのは情報収集の為で、青年のような情報屋に会おうと通い続けていたのだろう。宿の手配に関して手際が良かったのはその為だと思われる。

本来ならば弟子たちの安全を考えてサンドールから離れるべきだろうが、俺は真剣な表情で語るリーフェル様。城で何が起こっているのでしょうか?」

「リーフェル様。城で何が起こっているのでしょうか?」

「何がって、後継者争いで揉めているって言ったじゃない？」

「では質問を変えます。リーフェル様の安全は？　後継者問題だけじゃなく、リーフェル様が厄介な問題を抱えているのでは？」

「まあ…………面倒な状況なのは確かね。実はサンドールの王子と婚約を結ばれそうな可能性が出てきたのよ」

「け、結婚!?　姉様が!?」

身分の高い者たちでよくある、政略結婚ってやつだな。

その言葉にメルトが僅かに反応を示したが、すでに知っているのか何も言わずに外を警戒し続けていた。

姉の口から聞かされた突然の婚約話にリースが詰め寄る中、リーフェル姫は落ち着かせるように妹の頭を撫《な》でている。

「そんなに焦らなくても、まだ決まったわけじゃないわ。エリュシオンと縁を結ぼうと、サンドールの王族である次男と私を結婚させようと企《たくら》んでいる連中が城にいるって話なのよ」

「次男って、さっきあの兄ちゃんが言ってたアシュレイって奴の事か？」

「だろうな。だがカーディアス様がいる限り、その政略結婚が上手くいくとは思わん」

「そうだよ！　父様は何も言わないのですか!?」

「父さんは今サンドールの城にいないのよ。他国の王たちと一緒に前線基地へ行っているから」

前線基地とは、サンドールから魔大陸の方角にある防壁の一つだそうだ。

ここから馬で半日は掛かる場所で、そこはサンドールに存在する防壁の中で最も大きく、強固に築かれているらしい。

氾濫において魔大陸から押し寄せる魔物たちを食い止める防壁は幾つもあるが、そこが防衛の要という事で『前線基地』と呼ばれているそうだ。その前線基地にカーディアスだけでなく、以前俺たちが滞在した獣国アービトレイの獣王も一緒らしい。

余談だが、リーフェル姫たちは、リースがそろそろ訪れる可能性を考えて残っていたとか。

「大陸間会合《レジェンディア》で集まった王たちの中にはサンドールが初めての人もいるから、国の象徴である防壁や兵たちの練度を見せる為の視察が行われたのよ。父さんたちが帰ってくるまで数日かかりそうだから、その隙を突いて一気に婚約まで進めようとしているみたいね」

「姉様、もちろん婚約は……」

「断るに決まっているじゃない。くだらない策略なのは見え見えだし、私はエリュシオンの女王になるんだから」

「だよな。リーフェ姉はエリュシオンの女王様が一番似合っているぜ」

レウスだけでなく俺たちも同意するように頷《うなず》いていると、リーフェル姫は嬉《うれ》しそうにしながらレウスに手招きしていた。

「ふふ、レウスはよくわかっているわね。いい子いい子してあげるから、こっちへいらっしゃい」

「リーフェ姉、俺はもう子供じゃねえぞ？　恥ずかしいって」

「私が貴方《あなた》の耳を触りたいのよ。セニアやエミリアの耳も柔らかくて好きだけど、貴方の微妙に固い耳も結構好きなのよね」

「仕方ねえなぁ」

何だかんだで二人は姉と弟の立場なので気が合うようだ。

近づいてきたレウスの耳を触り始めたリーフェル姫は、俺たちを安心させるように自信満々の表情で続きを語り始めた。

「とにかく、私は向こうの思い通りになるつもりはないし、向こうの王子も乗り気じゃないから安心しなさい。実は今日の夕食でその王子と二人きりで食事なんかさせられたけど、この婚約が面倒臭いって点だけは面白いぐらいに気が合ったから」

策略を企む家臣のお膳立てにより、互いの縁を深める為の食事会が行われたそうだが、逆に利害の一致が明らかとなり、協力して婚約を破棄する方向へと持っていく事に決めたらしい。

実はリーフェル姫への協力は演技で、いざとなったら裏切る……なんて可能性も考えたが、実際に会話をした彼女から見て次男の王子は信頼出来るらしい。

女の勘だけでなく信じるに足る証拠もあるそうなので、政略結婚についての心配は本当に必要なさそうだ。

それを聞いていてリースが安堵《あんど》の息を吐いていると、ベッドに座って寛《くつろ》いでいたフィアが質問をした。

「そういえば、今のサンドール王は体調を崩しているって聞いたけど、それに関して何も言ってこないの？」

「これは秘密にしておいてほしいんだけど、王はもう自室から出られないくらい重症らしいの。政務は彼の息子や家臣だけで行われているから、色々と綻びが生まれているみたいね」

どうも今回の政略結婚に王は一切関与しておらず、家臣たちが勝手に暴走した結果だそうだ。そもそも距離的にかなり離れている国と縁故を結ぼうとするのは妙だと思うが、真の狙いはエリュシオンの学校長であるマジックマスター……ロードヴェルらしい。

「私たち王族とロードヴェルのおじ様は家族ぐるみの付き合いだからね。私がサンドールに嫁げば、おじ様と縁が出来ると踏んでいるんでしょう」

「つまりマジックマスターと縁を結ぶ為の手段ですか」

「国を維持する為に綺麗事《きれいごと》だけで済まないのはわからなくもないけど、本人の意思を無視して政略に使うどころか、そもそも女性を物のように考えるなんて許せないわね」

マジックマスターと呼ばれる名声と実力を持つロードヴェルと縁を結べば、様々な面で優位に働くだろう。

だが他国の王女であるリーフェル姫をそんな風にしか見ていない傲慢な考えに、フィアだけでなく弟子たちも不快そうにしていた。

「最悪、城に乗り込む必要があるかもしれませんね。その場合、シリウス様の許可をいただいてから綿密に計画を立てなければ……」

「メルトさんはこのままでいいんですか！　姉様の近衛《このえ》だけじゃなく、男として黙っているなんて駄目ですよ！」

「い、いや。俺がいようと連中の行動は変わらないだろうし、それに今は……その……」

「ん……すぅ……」

「ああもう、寝顔も最高に可愛《かわい》いわね。この子、欲しいわ！」

「……ちょっと落ち着かないか？」

各々が好き勝手に振る舞い始めているので、場は完全に混沌《こんとん》と化していた。

このままでは話が進まないので、一旦皆を落ち着かせてから話の軌道を戻す。

「ごほん……とまあ、それが私の現状なの。王が動けないのをいい事に家臣が暴走し、他国の王女である私でさえ利用しようとする連中がいるわけ。そういう連中が貴方たちの存在を知ったら間違いなく絡んでくるから、早くサンドールを離れてほしいのよ」

「私たちを心配してくれるのは嬉しいのですが、話を聞いて逆に不安にもなってきましたね」

「姉様は本当に大丈夫なの？　婚約の方は何とかなりそうな感じだけど、それよりもっと酷《ひど》い事に巻き込まれたりはしないよね？」

「エリュシオンと違って、リーフェ姉たちは味方が少ないもんな」

「少ないけど、頼りになる護衛を連れてきたから平気よ。特に私を守る近衛たちは、あの剛剣に鍛えてもらったんだから」

エリュシオンから連れてきた兵は千にも満たないが、その内のメルトを含めた五十人程がリーフェル姫専属の近衛らしい。

リーフェル姫が直々に勧誘した者たちで、忠実で実力に優れているとは聞いた事があるが、それより気になったのは剛剣という単語が出てきた事だ。

「剛剣って、エリュシオンにライオルの爺《じい》ちゃんが来たのか!?」

「貴方たちが旅に出てしばらく経《た》ってから現れたのよ。自分の剣を鍛冶師へ見せる為に訪れたみたい」

そしてライオルの爺さんと出会ったリーフェル姫は、城に勤める兵たちの剣術指南として爺さんを雇う事に成功したそうだ。

あれだけ立派な剣を打ち直すのは時間が掛かると思うので、おそらく暇潰しに近い感覚で受けたに違いあるまい。メルトが強くなっているわけである。

「しかしあの爺さんをよく説得出来ましたね？　貴族や王族が大嫌いな筈《はず》ですが」

「剛剣を爺さんなんて口に出来るのは貴方くらいね。食事で釣ったのもあるけど、エミリアの名前を出せば難しくはなかったわ。勝手に貴方を引き合いに出してごめんなさいね」

「それは構いませんが、思い切った事を考えたのですね。あのお爺ちゃんに鍛えてもらうなんて……」

「ああ。メルトの兄ちゃん、よく無事だったな」

「自分でも未《いま》だに生きているのが不思議に思う。何度も死を覚悟した半年間だったが……御蔭《おかげ》で俺は強くなれた。時折夢でうなされてしまうのが難点だが」

「無事とは言い辛《づら》い状況だな」

あの爺さん、手加減が致命的に苦手だし。

レウスに剣を教え始めた頃は常に俺が隣で見張り、危険だと感じたら間に入らなければ真っ二つにされそうになった事が何度もあった。

なのでレウスの御蔭である程度……いや、最低限の手加減を爺さんは覚えたようなものだ。メルトと近衛たちはレウスに感謝した方がいいと思う。

「指南を頼んだ事を後悔した事もあったけど、私の近衛たちは本当に身も心も強くなったわ。今の彼等《ら》なら多勢で囲まれても切り抜けられるだろうし、そもそも私たちに直接的な被害を加えたら不味《まず》いって事は、向こうもさすがに理解している筈よ」

世界で一番大きい国と言われようが、国力にそこまで差がない国は幾つか存在する。

もし国同士の戦争となって兵を差し向けられる状況となれば、サンドールは他国の兵だけじゃなく魔大陸の魔物も同時に相手をしなければならない。魔物の氾濫は数年おきでも、魔大陸から海に落ちて流されて来た魔物が襲ってくる事が偶《たま》にあるそうだ。

守る為《ため》の戦力を無暗《むやみ》に削れないだろうし、戦争になれば国が維持出来るかどうかさえ怪しいだろう。

「要するに、私たちに手を出そうとする奴《やつ》は、世界征服なんてものを本気で考えているか、狂っているかのどちらかね。小細工ばかりするけど、そこまでくだらない事を考える連中とは思えなかったわ」

だから安心してエリュシオンで待っていなさいと締めながら、リーフェル姫は俺たちに微笑《ほほえ》みかけた。

王女としてではなく、家族へ向けるような情愛に満ちた笑みであるが、それでもリースの表情は曇ったままである。

「……シリウスさん」

「ああ、俺も同じだよ」

こちらへ向けられるリースの決意に満ちた視線に気付いた俺は、目を合わせてから好きにしろとばかりに頷いた。

「姉様。気持ちは嬉しいのですが、私たちは姉様や父様と一緒にエリュシオンへ戻りたいです」

「困った子ね。王族同士のしがらみや、身勝手な大人たちに振り回されてほしくないという、姉の気持ちがわからないのかしら？」

「……やっぱり違います。いつもの姉様なら、仕方がないって苦笑しながらも受け入れて、私たちを守りながら目的を果たすように考える筈です。それをしないって事は、かなり厳しい状況なんですよね？」

「厳しいって、他国だから必要以上に警戒しているだけよ。ちょっとした事でも大問題になるのが王族なのは、貴女《あなた》も少しは理解している筈でしょ？」

「リーフェル様。俺からも一つ質問をしてもよろしいでしょうか？」

少し険悪な雰囲気になっているので強引に割り込めば、リーフェル姫は不機嫌な表情を隠さずに俺を睨《にら》みつけてくる。

王族としての威圧感も放ってはいるが、話しなさいと言わんばかりに黙っているので俺は続きを口にした。

「単刀直入にお聞きしますが、リーフェル様は何を警戒しているのですか？」

「さっき教えた通りよ。同じ質問なら止《や》めてちょうだい」

「違います、それとはもっと別の何かです。それがあるから俺たちを遠ざけようとしているんですよね？」

実は酒場から宿へ戻る間に、町の状況を調べようと『サーチ』を発動させてサンドールを広範囲に亘《わた》って調べていたのである。

城まで結構な距離があるので個人の特定までは無理だったが、調べた結果……城から明らかに膨大な魔力反応を幾つも感じたのだ。

おそらく例の英雄たちの可能性が高いが、何故《なぜ》か俺はその反応が妙に気になった。

勘みたいなものなので確証はないのだが、リーフェル姫の態度に違和感を覚えている現状からして無視は出来ない。

俺とリースが引きそうにないと理解したのか、リーフェル姫は深い溜息《ためいき》を吐《つ》いていた。

「ああ……もう！　何でそこまで頑《かたく》なに関わろうとするのよ」

「姉様が心配だからです。姉様と父様には私たちの……その、結婚式を見届けてもらわないといけないんですから、一緒に戻らないと駄目なんです！」

「私たちもリースと同じ気持ちです。何かお力になれるのなら、手助けさせてください」

「リーフェ姉を助けたいと思ったら駄目なのかよ？」

「ほら、私たちってどうしても目立つし、面倒な事には慣れているから平気よ」

話し合いをするまでもなく、皆の意見は一致していた。

正直に言わせてもらうなら王族の騒動に巻き込まれるのは困るが、知り合いが関わっているとなれば別である。

リースと幸せになるには俺たちだけじゃなく、リーフェル姫とカーディアスの存在が必要不可欠だ。

このままリーフェル姫の言う通りにして、もし彼女たちに何かあれば俺たちは一生後悔するだろう。

何より、俺とリースが結ばれれば……。

「巻き込むなんて考えずに、もっと俺たちを頼ってください。だってリーフェル様は一……いえ、リーフェルさんは俺の義姉《ねえ》さんになるんですから」

「うっ!?」

リースとの結婚を認めてくれたのなら、リーフェル姫は俺にとって義理の姉になるのだ。

そして家族を助けるのに理由なんて必要あるまい。

雰囲気を和らげようと放った俺の言葉が不意打ちだったのか、呆然《ぼうぜん》とするリーフェル姫にメルトが諭すように告げていた。

「……姫様。今はセニアがいませんから、俺が代わりに言いましょう。ここは彼等の力を借りるべきだと思います」

「メルト……」

「俺は全力で貴女を守りますが、どうしても限界はあります。しかし彼等がいれば、俺だけじゃなく姫様にも余裕が出てくると思うのです。サンドールに来てから姫様はゆっくりと休めていませんよね?」

慣れない場所なのもあるが、サンドールを訪れてから緊張した状態が続いているので精神的な疲労が溜《た》まっているようだ。

そんな様子は微塵《みじん》も感じさせないのだが、心から心配する妹と長く想《おも》い続けてきた幼馴染《おさななじみ》の目は誤魔化《ごまか》せないらしい。どうりで癒しの三種の神器……妹、天使、狼《おおかみ》を離そうとしないわけだ。

しかし、いつもリーフェル姫に振り回されてばかりのメルトが、ここまではっきりと物申しているのは珍しい光景だと思う。

「それにエリュシオンへ戻れば会えるとしても、このままリース様を帰らせたらカーディアス様が不機嫌になるのでは？」

「言うじゃない。主《あるじ》の意向に逆らうなんて、とんだ近衛だわ」

「俺は姫様を守る為に最も適した方法を選んだだけですよ。彼等がその気ならば尚更《なおさら》です」

自分だけでは厳しいと認め、状況に合わせて手を借りる。やはり死線（剛剣道場）を潜《くぐ》り抜け、己の弱さを心底叩《たた》き込まれた事だけはあるようだ。

メルトにまで説得されるとは思わなかったのか、リーフェル姫は諦めたかのように表情を崩してリースの頭を撫《な》でた。

「全くもう。貴女が私にそこまで言うなんて成長したものね。本当なら喜びたいところだけど、何だか複雑だわ」

「いつまでも子供扱いしていないで、少しは私を頼ってよ」

「そうね、私が悪かったわ。考えてみれば貴女はもう奥さんになるんだから、もう身も心も立派な大人だったわよね」

「姉様!?」

守るべき存在だった妹の成長に、リーフェル姫も考えを改めたようだ。

いつもの調子に戻りつつあるリーフェル姫は、そこで俺たち全員の顔を見渡してからゆっくりと頭を下げていた。

「情けない話だけど、改めて言わせてもらうわ。皆の力を貸してちょうだい」

「はい。どこまで力になれるかわかりませんが、俺たちで良ければ。ところで先程の質問ですが……」

「私が何に警戒しているのか……ね？　それに気付いた事情は後で聞かせてもらうけど、どうも私たちは監視されているみたいなのよ。城にいるとよく視線を感じるの」

「敵対はしていなくても他国だし、監視されるのは当然じゃないの？」

「そうだけど、見張っている相手が見つからないから気味が悪いのよ」

城の兵士が見張っていた場合もあったが、相手が見つからない場合が多いらしい。気配に鋭いセニアでも見失うらしく、その視線の正体はわからないままだとか。

後継者争いと婚約騒ぎも大変だが、常に監視されているような感覚が一番辛《つら》いとリーフェル姫は愚痴った。

城の連中に伝えても、知らないと言って取り付く島もないらしい。まあ監視されている証拠が見つからなければ、ただ神経質になっているだけだと思われてもおかしくはないからな。

「見られたりする事は慣れているつもりだけど、あの城の雰囲気が合わなくて落ち着けないのよね。ただでさえ後継者問題でピリピリしているのに、これ以上の負担は勘弁してほしいわ」

「メルトの兄ちゃんはどうなんだ？」

「姫様程ではないが、見られているという点は同じだ。とにかく長居したくない城だな」

王族として生きてきただけでなく、聡明《そうめい》で天性の勘を持つ彼女だからこそ、より不快に感じられるのかもしれない。

どうやら俺たちの仕事は、その謎の視線と気配からリーフェル姫を守るのが主になりそうだ。

「それで姉様、セニアは何でこの集落にいたの？　私たちを待っていたからじゃないんだよね？」

「情報収集の為よ。サンドール全体だけでなく、裏の状況にも精通している情報屋がここにいるからよ。ここの集落を纏《まと》めている人物なだけあって、セニアも信頼を得るのに時間がかかったみたい」

直接手は出されていないものの、やられっぱなしも癪《しゃく》なので城の事について色々調べさせていたらしい。

リーフェル姫の命でセニアは集落へ何度も通い、ようやく目的の情報屋と会える約束を取ったところで俺たちと出会ったわけだ。

その後も色々と話し合った結果、まずリーフェル姫が俺たちをサンドールの城へ招待するという形に決まった。

実際は違うが、リーフェル姫の近衛《このえ》であり、修行の旅に出ていると世間に発表している俺が偶然ここを訪れたという設定だ。

城へ入れば違和感の原因も判明するかもしれないので、気を引き締めていかなければ。

そして話し合いは終わり、城へ戻ろうとする二人を俺は呼び止めていた。

「リーフェル様、少しお待ちください」

「何かしら？　迎えを昼過ぎには送るから、心配はしなくてもいいわよ」

「そうではなく、カレンは置いて行ってください」

「……ちょっと借りるだけよ」

「駄目です」

「ああ……私の天使が」

止めなければ、本気でカレンを持って帰っただろうな。

前々からあまり遠慮がない感じではあったが、俺が義姉と口にしてから更に遠慮がなくなったみたいだ。

「姫様、もう諦めてください。子供を連れて行くのはさすがに不味いですよ」

「貴方《あなた》と私の子供だって説明すれば平気よ。それにこの子がいたら、婚約破棄もスムーズにいくかもしれないわ」

「混乱するだけです！」

「姉様。明日にはまた会えますから、今日のところは我慢してね」

妹の説得によってようやく諦めたリーフェル姫は、名残惜しそうにカレンをベッドに寝かせから部屋を出て……。

「リースも置いて行ってください」

「ケチ！」

明日になったら必ずまた抱かせてと念を押してくるリーフェル姫が去った後、静かになった部屋でリースが皆の顔を見ながら深々と頭を下げてきた。

「皆。姉様に力を貸してくれて、本当にありがとう」

「気にする必要はありません。シリウス様が仰《おっしゃ》られた通り、リーフェル様は私にとっても義理の姉になるのですから」

「そうそう。学校にいた頃は世話になったし、家族だったら放っておけるわけねえだろ？」

「一緒に飲む約束はしたし、まだ私との勝負がついていないもの。やれるだけやりましょう」

「オン！」

「ふふ……じゃあこれが終わってエリュシオンに戻ったら、姉様に美味《おい》しいものを沢山ご馳走《ちそう》してもらおうね」

昔のリースならば、皆を巻き込んでしまった事を後悔して落ち込んでいただろうが、今は素直に俺たちを頼ってくれるので嬉《うれ》しいものだ。

こうして俺たちは大陸間会合《レジエンディア》の最中でもあり、怪しい雰囲気が漂うサンドールの城へ乗り込む事になった。

事前に得た情報から不安は確かにあるが、気を張り過ぎるのも失敗の元なので、俺はいつも通り動くだけである。

なので俺たちはすぐに休まず、敵となる連中が仕掛けてきそうな事や、その対処法についての打ち合わせを始めるのだった。

《王族と英雄たち》

次の日……宿を出た俺たちは、朝早くから防壁にある門へとやってきた。

ホクトについて門番から詰問されたりはしたものの、やはり大した手間もなく通され、早めに来た御蔭《おかげ》で順番待ちの列は短かったので俺たちはあっさりとサンドールの城下町へと入る事が出来た。

「わぁ……人もお店も沢山！」

「国がでかいと道も広いよな。でもこんなにも広くする必要あるのか？」

「見栄えもあるだろうが、スムーズな交通を考えて作られたのだろう」

レウスの言葉通り、綺麗《きれい》に並べられた石畳の道は馬車が五台くらい並んでも余裕で通れそうな広さだ。

その舗装された道……大通りは正面に見える城へ向かって真《ま》っ直《す》ぐ伸びており、道の左右に視線を向けてみれば様々な店が見られ、冒険者や町に住む人々を相手に商売をしている。

大小様々な建物が見られる街並みは聞いていた通り平和そのもので、とても城で揉《も》め事《ごと》が起こっているとは思えない光景だった。

「話には聞いていましたが、想像していた以上に大きい国ですね」

「歩き回るだけでも日が暮れそうだわ。今は無理だけど、後でじっくりと見て回りたいところね」

「あの店の料理、美味しそう。後で買いに行こうよ」

「ねえねえ、あれは何？　あ、向こうに本が沢山あるよ！」

村や集落とは桁が違う町へ来るのは初めてなので、翼を隠したカレンが目を輝かせながら忙《せわ》しなく首を動かしている。

念の為《ため》に今回はフィアもフードで耳を隠してはいるが、やはりホクトが目立ってしまうので、俺たちは大通りから外れて建物と建物の間に入っていた。

「さて、迎えが来るまで大人しくしていないとな」

「けどずっと隠れているのはちょっとね。早くても昼過ぎか夕方になりそうとか言っていたし、まずは落ち着ける場所を探さない？」

「どこか良い宿がないか調べてきましょうか？」

「カレンは本が欲しい！」

「いや、この町ではなるべく固まって移動した方がいい。適当に近くの人から話を聞いてみるか」

「……オン！」

そう決めて移動を開始しようとしたところで、突然ホクトが警戒を促すように小さく吠《ほ》えたのである。

姿はまだ見えないが、明らかに俺たちを狙って近づいてくる気配を感じたらしい。

「数は一人か。通りすがりにしては動きが妙だが、殺気は感じないな」

「精霊は何も言ってこないわね」

「私も同じだよ」

「シリウス様、どうされますか？」

「ホクトを見に来ただけかもしれないし、まだそこまで警戒はしなくてもいいだろう。一応フィアとカレンは馬車にいてくれ」

「カレン、本が欲しい！」

「ええ、後で見に行きましょ」

仲間にエルフと百狼《びゃくろう》がいる俺たちは注目を集めてしまうが、近づいてくる者はそう多くはない。何故《なぜ》なら大半がホクトを恐れて近づいてこないからだ。故に俺たちへ話しかけてくるのは、昨日の青年みたいに好奇心の塊みたいな奴《やつ》か、欲望に塗《まみ》れた連中が多い。

しかし今回近づいてくる奴はたった一人であり、周囲には仲間や潜んでいる者の反応はないのだが、念の為にフィアとカレンを隠しておく。

そしてフィアがカレンを抱えて馬車内に隠れると同時に、一人の男が妙にぎこちない歩き方で現れたのだが、俺たちの姿を確認するなり深々と頭を下げてきたのである。

「百狼を連れた一団……貴方がシリウス殿ですね？」

「誰だお前？」

「オン！」

俺たちを知っている事に怪しんだレウスとホクトが睨《にら》みつけるが、目の前の男は動じる事もなく頭を上げて柔和な笑みを浮かべた。

「ではそちらがレウス殿ですね？　貴方たちが訪れるのをお待ちしていましたよ」

「俺たちの事を知っているのか？」

「勿論《もちろん》です。お二人は去年行われた闘武祭の優勝者と準優勝者なのですから。私は直接見たわけではありませんが、誰もが認める見事な戦いだったと聞いております」

「人違いじゃないのか？」

「優勝者が連れていたという、百狼を連れた方がそういる筈《はず》もありませんし、貴方たちの佇《たたず》まいから本人であると確信しております」

色が完全に抜けたかのような白髪の男は、見た目からして二十歳くらいだと思われる。

優しい笑みが似合う中性的な顔立ちで、前髪の一部を伸ばして片目を完全に隠しており、服装は全身を覆い隠すローブを着ているのだが、歩き方から碌《ろく》に体を鍛えていないのはすぐにわかった。

下手をすれば子供相手でも負けそうな男に見えるが、大抵の者が竦《すく》み上がるホクトとレウスの威圧に全く動じていないどころか、見ただけで俺たちの強さに気付いているので油断は禁物だろう。しかし男が仕掛けてくる様子もないし、物腰も丁寧なので、このまま喧《けん》

嘩腰《かごし》で対応するのは失礼だろうな。

おそらくサンドールでは名のある人物だろうと考えていると、俺の考えに気付いた男が再び頭を下げながら名乗ってきたのである。

「これは申し遅れました。私の名前はジラード。この国で神眼と呼ばれている者です。サンジェル様の命により、皆様をお迎えに上がりました」

「神眼……」

まさか国の英雄である神眼が直々に迎えとはな。

城に仕えている筈なのに、町へ入ったばかりの俺たちを迷いもせず見つけて接触してくる行動の速さ。事前に動いていなければ不可能なので、こちらの行動は筒抜けだったのかもしれない。警戒度を更に高めておいた方が良さそうだ。

実に怪しい相手だが、先に名乗ってきたのであればこちらも黙っているわけにもいかないだろう。

フィアとカレンを呼んで全員が簡単に名乗った後、俺は相手の意図を探るように質問をした。

「迎えに来た……か。色々と聞きたいところだが、何故俺たちを城に招く?」

「私の主《あるじ》であるサンジェル様が、闘武祭で活躍したシリウス様とレウス様にお会いしたいからです。サンジェル様は種族や性別を問わず、優れた人材を評価していますので」

「その前に質問がある。俺たちがこの町へ来ている事が何故わかった？　俺たちに接触する早さからして、事前に知っていなければ不可能だと思うが？」
「皆さんはここへ来るまで、サンドールを守護する防壁を幾つも通ってきましたよね？
その門番が貴方《あなた》たちの事を知っていて、その情報を私の下へ届けたのですよ」
そして俺たちがこの城下町に来るであろう時間帯に合わせて城を出て、人々の会話から
ホクトの行方を辿《たど》って俺たちを見つけたそうだ。
理屈は通っていなくもないが……それでも早過ぎる。
城下町への門を通ると同時に俺たちの事に気付き、更にここへ俺たちがいると確信して
近づいてきた……そんな気がするのだ。
偶然、あるいは運が良かっただけなのかもしれないが、仮にも神眼という二つ名を貰《もら》っ
ている男である。俺の『サーチ』みたいに、相手の居場所を感知する特殊な魔法や能力を
持っているのかもしれない。そう考えると、各門を通る審査でホクトがあまり怪しまれな
かったのは、事前にジラードが伝えていたせいかもしれない。
更に警戒を高める俺を余所《よそ》に、笑みを崩さないジラードの説明は続いた。
「情報は重要です。私は可能な限り情報を集めて先を予想し、状況に合わせて最も適した
行動を取っているのですよ」
「噂《うわさ》通り、相当な切れ者のようだな」
「そんな大層なものではなく、生き残る為に必死だっただけですよ。私は頭を使う事しか
出来ないので」

「妙に動きが鈍いように見えるが、何か病気でも抱えているのか？」

「ええ。幼い頃に凶暴な魔物に襲われましてね。命は助かったのですが、そのせいで体が上手《うま》く動かせないんですよ」

歩き方がぎこちなかったのは、魔物から負った怪我《けが》の後遺症のせいらしい。

怪我人を見たら放っておけないリースが声を掛けたそうにしていたが、リーフェル姫から城の連中は怪しいと聞いていたので自重しているようだ。

「それは……苦労してきたんだな」

「ですがその御蔭でサンジェル様に拾われ、今では英雄と呼ばれるようになれました。自分が不幸だと思った事はありませんよ」

「そのような後遺症に負けず、努力を重ねて来たのですね。私も見習いたいものです」

逆境に負けず、努力の積み重ねが大事だと知っている弟子たちが同意するように頷《うなず》いていると、ジラードが苦笑しながら頭を掻《か》いていた。

「すいません、話が逸《そ》れていましたね。それでどうでしょうか？」

「気にしなくてもいい。とにかくそのサンジェル様の命令で、俺たちを迎えに来たわけだな？」

「はい。突然の話で申し訳ないとは思いますが、どうか城へ来ていただけませんか？　城には貴方と関わりのあるリーフェル王女もいますし、精一杯歓迎しますよ」

「随分と俺たちの事に詳しいようだが、断ったら？」

「そうなれば仕方がないと思って諦めます。皆さんに強引な手段を取る程、私は愚かではありませんので」

城の方では色々揉めていると聞いていたし、無駄な消耗は避けたいのかもしれない。

そしてリーフェル姫が送ってきた使者がこの男とは思えないので、ここは断るべきだろうが、俺はこの男……ジラードが気になり始めていた。性格や容姿がどうとかではなく、得体の知れなさという点でだ。

それに国の第一王子の誘いを無下にすれば、リーフェル姫の立場が悪くなる可能性もある。

どちらにしろリーフェル姫の為に城へ向かう事には変わらないし、ここは相手を見極める為に招かれてみるのも手かもしれない。

考えが纏《まと》まったところで、俺はジラードに断りを入れてから距離を取り、先程の考えを皆に話した。

「……というわけなんだが、どう思う?」

「あの方が只者《ただもの》ではないのはわかりますし、この誘いも怪しいとは思いますが……」

「うん、勝手な事をして姉様に怒られないかな?」

「問題はそれだが……ん?」

その時、何かに気付いて馬車がある方角へ視線を向けてみれば、ジラードから死角になる建物の陰にセニアが潜んでいる事に気付いた。

昨夜は昼過ぎに使者を送ると言いながらもセニアが現れたって事は、この状況は不測の事態なのかもしれない。更に気配を断ち、ジラードに見つからないようにしているので、ここは気付かない振りをしておくべきだろう。

そう判断し、弟子たちにも黙っているように伝えたところで、セニアが身振り手振りで何かを伝えてきたのである。

「……誘いに……乗れ？　あの男について行けってわけか」

「はい。それと味方ではないので気を付けて……とも伝えているようです」

「そ、そこまでよくわかるね。けど、セニアが来たって事は姉様の命だと思うし、断る理由はないって事かな？」

「なら決まりね。どうせ城に入れば接触してきただろうし、順番が変わっただけよ」

「でもよ、何で隠れているんだ？　迎えに来たって普通に出てくりゃいいのに」

「ジラードに見られたくないんだろう。それだけ警戒すべき相手なのか、あるいは秘密裏に行動している途中なのかもしれない」

風の魔法で声を届ける方法もあっただろうが、魔力の動きでジラードに気付かれる可能性を考えての事だろう。

とにかく了解だとセニアに向かって頷けば、彼女は静かに頭を下げてから姿を消したので、俺はジラードに城へ行くと告げた。

「本当ですか!?　ああ、これでサンジェル様に顔向けが出来ますよ」

「先に言っておくが、城でリーフェル様に会わせようとしなかったり、怪しい場所に連れて行けば俺たちは強引にでも帰らせてもらうぞ」

「構いません。ただ……今の城内は色々と揉《も》めていまして、サンジェル様を認めていない者が多いのです。そういう連中が早とちりをし、皆さんに干渉をしてくる可能性がある事を予《あらかじ》めご了承していただけたらと」

「王族と関わる以上、その辺りは理解している。けど何かあっても、そちらがある程度は庇《かば》ってくれるんだろう？　一方的に喧嘩を売られて、俺たちが悪いと捻《ね》じ曲げられたら堪《たま》ったものじゃないからな」

「もちろんです。皆さんの安全は私にお任せください」

英雄と呼ばれるだけあって、妙に頼もしい返事と笑みである。

少なくとも鬱陶しそうな連中からは守ってくれそうなのだが、まだわからない事があるので俺は更にジラードへ質問をしていた。

「俺たちを招く面倒や危険性を理解していながら、何故会おうとするんだ？」

「サンジェル様は、強い方を求めているからです。とはいえ、何もなしにサンジェル様の下へ招くのも危険なので、私が直接皆さんを見極めようと思って来たわけですが、どうやら心配は無用だったようですね」

「そんな簡単に決めていいのかよ？」

「はい、皆様が粗暴な冒険者ではないのがよくわかりましたので。では行きましょうか」

そしてジラードが先導しようと歩き出したところで、俺の袖を引っ張って止める者が現れたのである。

「本が欲しい！」

「……すまないが、城へ行く前に少し寄り道をしてもいいか？」

「あはは、そうですね。サンジェル様は昼までにと言っていたので、少しなら大丈夫でしょう」

我ながら甘いとは思うが、馬車にある本はほとんど読み尽くしているので、そろそろ新しいのが欲しいところだったからな。

嬉《うれ》しくて服の中の翼が暴れまくっているカレンを宥《なだ》めながら、俺たちは本を売っている露店を探すのだった。


虎穴に入らずんば……という心持ちで、城を囲う最後の防壁を通ってサンドールの城へとやってきたわけだが、ジラードがいる事によって城にはあっさりと入る事が出来た。

何せ門を守っていた兵士たちはジラードの姿を確認するなり見事な敬礼をし、どう見ても怪しい存在である俺たちとホクトを連れているのに平然と門を開けてくれたのだ。それだけ城ではジラードが信頼されている証拠か。

「わぁ……アス爺《じい》が掘ってた洞窟より大きいよ！」

「私もこんな大きい城に入るのは初めてだわ。カレンはこんな城に住んでみたいと思った事があるのかしら？」

「うーん……カレンは普通の家でいい」

「ふふ、そうだね。狭くても、皆と一緒に楽しく過ごせる家で十分だよね」

「本が沢山あって、蜂蜜を沢山置ける倉庫があって、大きくなったアス爺が寝られる大きさがあればいいの！」

「それはもう普通の家ではないと思います」

相変わらずマイペースな子である。

そんなカレンと女性陣による微笑《ほほえ》ましい会話に、俺だけでなくジラードも笑っていた。

「子供は無邪気で可愛《かわい》いですね。あ、事前に話を通して場所は用意しておきましたので、皆さんの馬車はあちらに見える建物に停《と》めてください」

城の馬車や馬を保管する場所だけあって、中々に大きい建物である。

そこに俺たちの馬車を置けるスペースがあるので、エミリアだけを連れて向かった俺は、馬車を停めてから盗難防止の処置を始めた。

周囲には城で管理している馬車の整備や掃除に勤《いそ》しむ使用人たちが見られたので、作業を進めながら観察してみたが……。

「特に異常はなさそうだな」

「シリウス様。こちらは終わりました」

「オン！」

「わかった。戻るとしよう」

ホクトの登場に驚きはしていたものの、使用人たちの様子から城で異変が起こっているような雰囲気は見当たらなかった。町の方と同じく、ここでも表面上は平和というわけか。

それでも周囲を警戒しつつ皆の下へ戻ると、遠くから俺を観察していたジラードが納得するように頷いていた。

「普通の馬車に見えますが、色々な改造が施されているようですね。あれは何をしていたのでしょうか？」

「盗難防止だ。あれは俺たちの家みたいなものだから、勝手に中を調べられたり、盗まれたりしたら困るからな」

「冒険者としてその気持ちはわかりますが、心配はいりませんよ。この城で盗みを働くような卑しい者はいません。いたとしても、サンジェル様が許しませんよ」

失礼だと思われそうな言葉にも、ジラードは特に気分を害した様子はなさそうである。

心配ならば馬車の見張りを用意させると言ってくれたのだが、その点も含めて俺は隣の相棒へ振り返りながら質問をした。

「ホクトはどうすればいいんだ？　個人的には一緒に場内へ連れて行きたいんだが」

「さすがに百狼《びやくろう》を城へ入れるのは厳しいですね。向こうの馬小屋では馬が怯《おび》えそうですし、中庭の方で自由に過ごさせておくのはどうでしょうか？」

「それで大丈夫なのかよ？　ホクトさんが来た事を知らない奴《やつ》がいたら大騒ぎになる

ぜ？」

「これ程の狼《おおかみ》を繋《つな》ぎ止めるものがあるとは思えませんし、それくらいなら私の方から周りに伝えておきますので大丈夫ですよ」

「いや、ここも城内なのだから下手な刺激は避けるべきだと思う。ホクト、すまないが馬車の傍《そば》にいてくれ。何かあればお前の判断で動け」

「オン！」

予想はしていたが、やはりホクトの同伴は無理だったか。しかしいざという時に備えて馬車の確保は重要なので、ここはホクトを残しておくべきだろう。

任せろとばかりに吠《ほ》えるホクトに見守られながら城内へと入ったわけだが、早速とばかりにそれは現れた。

「妙な気配がするかと思えば……貴様は一体何をしているのだ、ジラード！」

正面入口のホールに入ると同時に騒がしい足音が聞こえ、頑丈そうな鎧《よろい》に身を包んだ男が怒声と共にこちらへ走ってきたのである。

短く切り揃《そろ》えた髪と髭《ひげ》を生やし、顔中に刻まれた皺《しわ》から五十歳は軽く超えていると思われる。

その鍛え抜かれた肉体はレウスより一回りも大きく、鷹《たか》のような鋭い目も相まって、正に武人と呼ばれる言葉を体現しているような男だった。

そんな立っているだけで子供が泣き出しそうな迫力の男が、駆け寄ってくるなりジラードに問い詰めているのだが、当の本人は全く動じる事もなく笑みを浮かべたまま呑気《のんき》に語り掛けていた。

「おや、これはフォルト殿。そんなに慌ててどうかしたのですか？」

「とぼけるな！　そこにいる余計な連中は一体何だ！」

「こちらの方々ですか？　彼等《ら》はサンジェル様が招かれたお客様ですよ」

「そのような話、私は聞いておらんぞ！　いいか、仮令《たとえ》サンジェル様の命だろうと、大陸間会合《レジエンディア》が行われるこの大事な時期に勝手な行動は止《や》めろ！　しかも私への連絡を怠るとは何事だ！」

「何分急ぎでしたので、申し訳ありません」

今の言い争いから推測するに、どうやらフォルトと呼ばれた男は城内でそれなりの役職を持つ男だと思われるのだが、俺たちが招かれる事について全く聞いていなかったらしい。

正直に言わせてもらうなら、俺はフォルトの言い分が正しいと思う。各国の重鎮が集まるこの状況で、城に余所者《よそもの》を平然と招く方が変なのだ。

そのまましばらく二人は問答を続けていたが、のらりくらりと避けるジラードにフォルトの方が諦めたのか、深い溜息《ためいき》を吐《つ》いてから鋭い視線を俺たちに向けてきた。

「ふん、貴様に聞くだけ無駄か。それで、お前たちは一体何者なのだ？」

嘘《うそ》は許さない……とばかりに放たれるフォルトの視線と迫力が怖いのか、カレンは俺の背中に隠れてしまった。

いずれは慣れてほしいと願いつつカレンの頭を撫《な》でた俺は、フォルトの威圧を正面から受け止めつつ名乗る。

「シリウスと申します。こちらにいる私の仲間共々、サンジェル様に呼ばれたのです」

「……ふん、怯《ひる》みもせんか。考えてみれば、わざわざ貴様が迎えに行くような相手だ。只《ただ》者《もの》ではなさそうだな」

「それは当然でしょう。そこにいるシリウス殿とレウス殿は、去年の闘武祭で優勝と準優勝を勝ち取ったお二人なのですから」

「何っ!?　そうか……これ程であれば納得だ」

闘武祭の話を聞いて頷《うなず》いてはいるが、この男は見ただけで俺たちの実力を軽く見抜いていたようだ。

しかし俺たちの素性を知ろうとフォルトの警戒は全く解けず、厳しい視線を向けたまま城の外へ向かって指を指していた。

「だが王の許可なく城へ入れる事は許せん。お客人には申し訳ないが、確認を取るので一度外へ……」

「待つんだ、フォルト。その人たちなら大丈夫だ」

「むっ!?」

「あ……」

突如会話に割り込む声が聞こえたかと思えば、フォルトは即座に声の主へ向かって片膝を突きながら頭を垂れていた。リースもまた即座に反応して振り向き、俺も若干遅れて振り返れば、そこにはメルトを連れたリーフェル姫の姿があった。

だがフォルトへ声を掛けたのはリーフェル姫ではなく、その隣に立つ金髪の女性のようだ。

「彼等はリーフェルの臣下であり、友だ。他の近衛《このえ》たちは城に招いているのだから、彼等を城へ招いても問題はない筈《はず》さ」

「ですが……彼以外は違うのでは？　この重要な時期に、関係者以外の者を城へ招くのはよろしくはないかと」

「彼等は信頼出来る者たちであると、エリュシオンの王女である私が保証します。何かあれば全て私が責任を取りましょう」

「ほら、リーフェルがここまで言っているんだ。私からも頼むから、どうか見逃してほしい」

「はぁ……わかりました」

気品と威厳に溢《あふ》れた金髪の女性とリーフェル姫の言葉に、フォルトは渋々といった様子で了承してくれた。

城で長年仕えているようなフォルトが臣下の礼を取っている様子から、彼女がサンドールの次期後継者の一人であるジュリア王女で間違いなさそうだな。

断言出来るのは、ジュリア王女は誰もが羨むような美女だ……と、絶賛していた情報屋の青年から聞いた通りの女性だからだ。

光を反射する美しくも長い金髪を後頭部で纏《まと》めており、凛々《りり》しい口調だけでなく男性が着るような服装なので、一見すると爽やかな王子様のように見えなくもないが、女性としての美しさは全く損なわれていない。

その男性どころか女性でさえも夢中にさせてしまう姿に妻たちも見惚《みと》れており、カレンは綺麗《きれい》で格好いいと目を輝かせながら眺めている。

本来ならば俺も唸《うな》っていた場面かもしれないが、リーフェル姫から向けられる視線に集中していたのでそれどころではなかった。

『来たわね。色々と事情が変わったけど、詳しい話は後でするわ。昨夜の打ち合わせ通り、私に合わせなさい』

『わかりました』

口にはせず視線だけでそんなやり取りを続けていると、サンドール出身の三人がジュリアを中心に騒がしくなっている事に気付いた。

どうやらジュリアが何か不味《まず》い事を口にしたらしく、二人が猛烈な抗議をしているようだ。

「お考え直しください！　無暗《むやみ》やたらと挑むのは悪い癖ですぞ！」

「私もフォルト殿と同意見です。それに、まずは彼等を招待したサンジェル様との謁見が先な筈ですが？」

「少し試すだけだし、フォルトだって闘武祭の優勝者には興味あるだろう？　それと兄さんは急な用事が入って忙しそうにしていたから、少しだけなら平気さ」

何が起こっているのかわからず首を傾《かし》げる俺たちを余所《よそ》に、ジュリアは不敵な笑みを浮かべながらこちらへ近づいて来たのである。

「君たちの事はリーフェルから色々と聞いたよ。良ければ、今から私と手合わせを願いたい」

爽やかそうな見た目と違い、随分と好戦的なお姫様のようだ。

その後、ジラードが主《あるじ》の様子を見てくると言っていなくなった後、俺たちは城の兵たちが使っている訓練場へとやってきた。

そして訓練場にある地面に描かれた大きな円の中心で、ジュリアは訓練用の木剣を片手に笑みを浮かべながら立っている。ちなみに王に許可を取ってくると言っていたフォルトだが、王女が心配なのか一緒についてきていた。

「ここならば邪魔は入らないだろう。さあ、存分に戦おうじゃないか！」

「お待ちください、姫様！　存分に戦うのではなくルールを決めるべきです」

「そうだな。お互いに立てなくなるまで……」

「ゴホン！　相手の肩や腹に一撃を当てるか、地面に描いた円から出たら負けにしましょう」

厳格そうな男であるが、ジュリアに振り回される苦労人のように感じる。どこぞの次期女王と幼馴染《おさななじみ》の近衛を思い出させる光景だ。

何となく微笑《ほほえ》ましい気分になったが、今はそれよりジュリアの剣だ。

先程まで準備運動とばかりに振るっていたジュリアの剣なのだが、剣姫と呼ばれるに相応《ふさわ》しい太刀筋である。

王女という立場故に対人程度しか経験していないと思っていたが、そんな事は微塵《みじん》も感じさせない見事な動きと技術である。数年前に起こった魔物の氾濫で活躍したという話は、誇張でもなく真実だと断言出来る程だ。

様々な経験を重ねて洗練された剣は隙がほとんど見当たらず、正面から戦い辛《づら》い相手だろう。

しかし、そんなジュリアの前に立っているのは俺ではなく……。

「へぇ……結構しっかりした木剣だな。これなら多少本気で振るっても大丈夫そうだ」

「私が作らせた特注品だ。それならば、かの剛破一刀流であろうと耐えられるだろう」

ジュリアが剣姫だと呼ばれている事を知り、興味を持っていたレウスだった。

ちなみにレウスが挑んでいる理由は、兄貴に挑むなら俺を倒してみろ……という、いつも通りの流れである。

ジュリアもまたレウスの大剣を見て剛破一刀流だと察し、どうせ戦うつもりだったからと言って承諾したわけだ。

　そんな二人を俺たちは少し離れた場所で見守っていたのだが、ジラードは席を外し、フォルトはジュリアを心配してこちらへの意識が薄くなっているので、俺は今の内にリーフェル姫と情報を共有していた。

「今朝、あのジラードが城を出て行った事を知ってね。もしかしたらと思ってセニアを急いで送ったけど、正解だったようね」

「はい。まるで俺たちが来るのを知っていたかのような早さでした。警戒したくなるのも当然だと思います」

「ええ、敵だと決まったわけじゃないけど、油断は出来ないわ。セニアが何か掴《つか》むまで慎重に行動するわよ」

　怪しまれないように小声で話し合い、ある程度纏まったところでレウスとジュリアによる模擬戦が始まっていた。

　互いに凄《すさ》まじい勢いで木剣を打ち合う光景を眺めながら、俺は先程から気になっていた質問をしていた。

「ところで、あの二人は放っておいて大丈夫なのでしょうか？　相手はこの国の王女ですし、怪我《けが》とかさせたら不味いのでは？」

「彼女が望んでいる事だし、やり過ぎなければ平気よ。それに、あのレウスがジュリアに簡単に勝てるとは思わないわ」

「姉ー……リーフェル様は、あの御方《おかた》とはどういう関係なのですか？」

「少し前に出来た親友よ。何度も話している内に気が合っちゃってね」

見た目から若いとは思っていたが、どうもジュリアはリーフェル姫と同年齢らしい。

他国であり、特に身分が高いとなれば互いの腹を読んで表面上の付き合いとかになりそうだが、二人の場合は本当の親友になっているようだ。

年齢も身分も近い親友が出来た事が嬉《うれ》しいのか、上機嫌に説明してくれるリーフェル姫によると、ジュリアはとても誠実で信頼出来る女性だとか。

「王女の身分でありながら、剣士や騎士に近い考え方をする子だけど、見ての通り王族に相応しい気概を持つ立派な女性よ。ただ……ちょっと女である事を気にし過ぎている面があるのよね」

「女性の面を……ですか？」

「ああ……うん、今のは忘れてちょうだい。とにかくジュリアは強い相手がいたら挑まずにはいられないのよ。私たちが初めてサンドールの城へ来た時も、今のレウスみたいにメルトへ勝負を挑んでいたわ」

メルトから発する強者の空気を感じて勝負を挑まれたらしい。

ちなみに戦いの結果は、リーフェル姫の隣に控える当の本人が教えてくれた。

「悔しいが、完敗だった。剛剣殿のような人知を超えた力はなくとも、鮮やかな剣技の前に俺は手も足も出なかった」

「それでもメルトはしばらく耐えていたじゃない。ジュリアも自分の近衛にしたいくらいだって言っていたわよ」

「俺は姫様……リーフェル様以外の近衛になるつもりはありません」

「ふふ、よろしい」

実際に戦う姿を見ていないのでわからないが、ライオルの爺《じい》さんに鍛えられたメルトでさえ圧倒する相手か。

自分の言葉に恥ずかしそうにしているメルトだが、すぐに表情を引き締めて戦っているレウスに視線を向けながら呟《つぶや》いていた。

「あの御方は本当に強い。俺の後で戦ったアービトレイ国から来た王子……ジーク様も強かったが、ジュリア王女にあっさりと敗れていた」

「獣王だけじゃなく彼も来ていたんだな。そしてメルトさんと同じく勝負を挑まれたと」

「彼も貴方《あなた》たちの知り合いみたいね。そうそう、知り合いで思い出したんだけど、リースの手紙に書かれていたあの子……そう、レウスと友達になったアルベリオ君ともジュリアは戦っていたわよ」

「アルベリオも？　何故《なぜ》彼がサンドールに……」

「詳しくはわからないけど、サンドール側が今回の大陸間会合《レジェンディア》に彼を呼ぶべきだと進言したらしいのよ」

アルベリオ。

旅の途中で立ち寄ったパラードの町に住む青年で、俺の弟子の一人である。一年以上前の別れ際に隣町の幼馴染と結婚し、父親の跡を継ぐように町を治める立場に就いていた。

そんなアルベリオはレウスにとって相棒と呼べるくらいの親友なので、この話を伝えれば喜びそうだ。もちろん俺も嬉しいのだが、それ以上に疑問の方が強かった。

正直に言って、アルベリオの故郷は大陸間会合《レジェンディア》に呼ばれる程の大国とは思えないのだ。ディーネ湖を挟んで存在するパラードとロマニオ……二つの町が合併して国にでもなったのだろうか？

いや……仮令《たとえ》そうだとしても、たった一年で大国に認められる国に成長するとは思えない。国が大きくなり、それが知られるようになるには数年は掛かる筈だ。

「貴方が考えている事はわかるわ。どうもアルベリオ君が呼ばれたのは国がどうとかではなく、もっと別の理由が……あら？」

「シリウス様！　レウスが……」

リーフェル姫は何か事情を知っているようだが、レウスの方で動きが見られたので、俺たちは一旦レウスとジュリアの戦いへ意識を向けた。

最初はお互いの力量を図るように剣を打ち合っていたのだが、レウスの実力を確認したと同時にジュリアの剣の速度が増し始め、遂《つい》にレウスが押され始めたのである。

「見て見て！　レウスお兄ちゃんより剣が沢山見えるよ！」

「ジュリア様の動き……何か凄《すご》いね。速いだけじゃなく、不思議な美しさを感じるよ」

「あれだけ見事な剣を振るう剣士なんて滅多にいないわよ。レウスにはちょっと厳しい相手かしら？」

　俺との模擬戦によって素早い相手には慣れているレウスだが、それ以上にジュリアの剣が凄まじい。

　暴風のように荒々しく振るわれたかと思いきや、流れるような動きで的確に急所を狙ったりと、緩急を入り混ぜた不規則な動きによってレウスは完全に翻弄されているようだ。

「どうした！　剛破一刀流とは受けるだけの剣なのか？　違うだろう！」

「くっ……」

　そんなジュリアを相手に、レウスは攻めるどころか攻撃を捌《さば》くだけで精一杯のようだ。木剣だけでなく小手で防いだりして直撃だけは避けているようだが、次第に追い込まれ始め、レウスは一歩……また一歩と後退していく。

「レウスにしては防戦一方ですね。あれはやはり？」

「ああ、機を窺《うかが》っているようだな。教えた事をしっかりと生かしているようだが……」

　逆転の一撃を狙ってはいるのだが、相手の剣を見極めるのが難しいのだろう。

　そして防戦一方のレウスを円の端まで追い込んだジュリアは、勝負を決める為《ため》の一撃を振りかぶっていた。多少強引な攻めだが、判定勝ちではなく自分の手で倒したいが故の行動だろう。

　もちろん油断は一切しておらず、相手を確実に仕留めようと放たれたジュリアの剣は……。

「ここまで私の剣を正面から防いだのはお前が初めてだ！　だがこれでー……」

「ふっ！」

下から掬《すく》い上げるように振るわれたレウスの木剣とぶつかり、甲高い音と同時にジュリアの木剣は上空を舞っていたのである。

「……な!?」

「あの剣を防いだだと!?」

凄まじい剣の速度に加え、フェイントまで交えていたジュリアの剣を防ぐのは容易ではない。

それでもレウスが防げたのは、俺と模擬戦を繰り返して体に叩《たた》き込んできた経験があったからだ。

ひたすら耐えながら相手の動き、癖、呼吸を読み、そして経験から先を予測したレウスは、ほんの僅かな隙を突いて剣を弾《はじ》き飛ばしたのである。しかも力任せではなく、剣の柄《つか》の底から狙うという俺と似たやり方でだ。

見事だと俺が心の中で称賛している間に、レウスは動揺するジュリアへ木剣を振り下ろすが……

「これで決まり……だな？」

木剣はジュリアの肩に当たる直前で止まっていた。

試合前に決めたルールでは相手に一撃でも当てれば勝ちなのだが、やはりと言うべきなのかレウスは寸止めをしたようだ。

「……どういうつもりだ？　何故剣を止める？」

「何って、もう俺の勝ちだろ？」

誰の目から見ても今の一撃は確実に決まっていたので、レウスの言葉通り当てる必要はない。

これが殺し合いや憎い相手ならば別だろうが、俺たちの教育によってレウスは女性を無闇に傷つけない子に育ったので、寸止めは当然かもしれない。

要するにレウスの優しさなわけだが、リーフェル姫から聞いたジュリアの性格からして……。

「ふざけるな！　ルールを決めたのならば、それに沿って全力で戦うのが剣士だろう！　やり直しを要求する！　さあ、私を叩くがいい！」

「模擬戦だからいいじゃねえか。それに何で意味もなく女を叩かないといけないんだよ！」

「女は関係ない！　どうやら私の本気が伝わっていなかったようだな。こうなれば意地でも叩かせてくれる！」

予想通り、お気に召さなかったようだ。

あまりの剣幕に背を向けて逃げ出すレウスであるが、ジュリアは怒りの形相で追いかけている。二人揃《そろ》ってルールである輪から完全に出ているので、最早《もはや》模擬戦というのは頭にないらしい。

先程までの見事な模擬戦は何だったのかと思う唐突な鬼ごっこに、リーフェル姫は頭を抱えながら眺めていた。

「あー……やっぱり怒らせちゃったか。二人共、良くも悪くも真《ま》っ直《す》ぐだから当然だったかも」

「だ、大丈夫かな、姉様？　王女様を怒らせたせいで、後でレウスが酷《ひど》い目に遭ったりしないよね？」

「ジュリアは権力で攻めるやり方は嫌いだから、その辺りは平気だと思うわ。だからああして自分で追いかけているのよ」

これまでジュリアは王女という権力を行使せず、己の実力だけで相手を屈服させてきたらしい。心配のあまりに素が出ているリースだが、普段の調子であるリーフェル姫の笑みに少しだけ安堵《あんど》したようだ。

一方、弟が追い駆け回されている状況だというのに、エミリアは冷静に観察を続けていた。

「先程、ジュリア様が女は関係ないと口にしていましたが、もしかしてリーフェル様が仰《おっしゃ》っていた意味があれなのでしょうか？」

「そうよ。普段はあそこまで暴走しないんだけど、戦いにおいて女扱いをされるのが本気で嫌いなのよ。王女より、己が剣士である事を誇りにしているから」

以前戦ったアルベリオとジークも相手が女性だからと遠慮した動きを見せたそうだが、

彼女の剣技の前には甘い考えだと強引に理解させられ、今のレウスのように口を滑らす事はなかったらしい。

「剣を握ったばかりの頃、女だからって手加減されたり、ジュリアを疎ましく思っている連中から馬鹿にされていたらしくてね。そういう連中を正面から見返してやろうと、必死に強くなってきたのよ」

あれ程の激情を見せる点からして、幼い頃に相当煮え湯を飲まされてきたのだろう。

元からの才能もあるだろうが、その負けず嫌いによってここまで己を高めてきたのがジュリアなわけか。ある意味凄《すさ》まじい執念と向上心である。

「ちょ……俺もう出てるって！　円を出たから負けだって！」

「その通りですぞ姫様！　すぐに剣をお納めください！」

「断る！　貴様が叩くまで私は止まらんぞ！」

「だからそれは嫌なんだって！」

意地でも己を叩かせたいのだろう、フォルトによる制止も全く効果が見られない。放っておいたら地の果てまで追いかけそうだ。

これがレウスの受難……いや、女難の始まりだと知ったのは少し先の話である。

「自分が負ける為に相手へ斬りかかるって、凄い状況だわ」

「真面目……って言葉じゃ片付けられないよね」

「ねえねえ、レウスお兄ちゃんは追いかけっこで遊んでいるの？　カレンも混ざっていい？」

「あれは止《や》めておきなさい。カレンには速過ぎる追いかけっこだから」

眩《まばゆ》い程の美貌と気品のせいでどこか近寄り難い雰囲気もあったジュリアだが、今は年頃の女性というか、ただの子供のようにしか見えなかった。カレンが混ざりたいと言い出すのもわからなくもない。

「さあ、私を斬って勝利を摑《つか》むがいい！」

「さっきから何かおかしいんだよ！　兄貴！　見てないで助けてくれ！」

「この程度で助けを求めるとは、私に勝った者とは思えん行動だな！」

「そっちこそ、負けた奴《やつ》の行動じゃねえだろ！」

そして遂に壁際へ追い詰められてしまったレウスは、ジュリアの剣を白刃取りで耐えながら助けを求めている。

さすがにそろそろ止めるべきかと思ったその時……。

「いい加減にしろ、ジュリア！」

「っ!?」

フォルトとはまた違う大声が響き渡り、ジュリアの動きがようやく止まったのである。

それで冷静になれたのだろう、レウスからゆっくりと離れたジュリアは申し訳なさそうに深々と頭を下げていた。

「……すまない。つい我を忘れて迷惑を掛けてしまったようだ」

「まあ……別にいいよ。俺も色々勉強になったしさ」

「そうか？　そう言ってもらえると助かる。ところで……ここまでしておいて何だが、また私と勝負をしてくれないか？　次こそはレウス殿に勝ちたいのだ」

「兄貴に聞いてみないとわからないけど、時間があれば俺からもお願いするよ。ジュリアは……えっと、ジュリア様と戦えば俺も強くなれそうですから」

「ははは、そんなに畏《かしこ》まらなくてもいい。立場上難しいとは思うが、私とはなるべく普通に接してほしい」

酷い目には遭ったが、彼女の剣技には惹《ひ》かれるものがあったのだろう。レウスとジュリアが互いを認めるように握手を交わしていると、騒ぎを止めた声の主が現れた。

短い金髪を塗料か何かで逆立てた二十歳くらいの精悍《せいかん》な男で、隣に先程いなくなったジラードを連れている様子から、彼が俺たちを呼んだサンドールの第一王子……サンジェルだと思われる。

だがサンジェルの表情は不機嫌そのもので、満足そうに笑っているジュリアへ近づくなり彼女の頭へ手刀を見舞っていた。

「握手なんかしている場合か！　ジュリア、彼等《ら》は俺が招いた客人だぞ。俺を無視して勝手に相手をするんじゃない！」

「兄さんは忙しそうでしたし、フォルトが彼等を怪しんでいましたから私が証明していただけですよ」

「減らず口を。まあいい、それでお前から見て彼等はどうだ？」

「……彼等は信頼に足る者たちだと思います。レウス殿から感じた真っ直ぐな剣は、正道でなければ振るえませんから」

「そうか。気に食わんが、お前がそう言うなら騒がしい連中も黙るか」

ジュリアの人を見る目は城でも有名らしく、彼女が認めたと知られれば警戒する者が減るらしい。ちなみに本気ではないとはいえ、あれ程の実力を持つジュリアが避けもせず手刀を受けた点から、兄妹仲は悪い感じではなさそうである。

結果的に面倒が減った事で少しは気が紛れたのだろう、妹から離れて俺たちの前にやってきた男は、腕を組んで歯を見せるような豪快な笑みで名乗り始めた。

「ジュリアに先を越されてしまったが、俺がサンジェルだ。お前が闘武祭の優勝者であるシリウスだな？」

「はい、シリウスと申します。そしてこちらが俺の妻である……」

そのまま皆の紹介を簡単に済ませたが、サンジェルもやはり男なのかエミリアやフィアに視線が釘付《くぎづ》けになっていた。

彼女たちを寄越《よこ》せとか言い出したら全力で抵抗するつもりだったが、彼の目からそこまでの欲望は感じられず、目の保養だと言って純粋に楽しんでいるようである。大国の第一王子でありながら道理はきちんと弁《わきま》えているようだ。

ある程度眺めたら満足したのか、サンジェルは妻たちから視線を外すなり隣のジラードに声を掛けていた。

「冒険者でもこんな綺麗《きれい》どころを揃えているんだ。お前も少しは見習ったらどうだ？」

「いえ、私のような者が女性を幸せに出来るとは思えませんよ。それより皆さまをここに置いておいていいのですか？」

「おお、そうだったな！　とにかくよく来てくれたな。色々と恥ずかしいものを見せちまったが、お前たちを歓迎するぜ」

「ありがとうございます。ところで私たちを招いたのは何故《なぜ》でしょうか？　ジラード殿からは話がしたいからとは聞きましたが、細かい点は教えてくれなかったので」

「何、ちょっと闘武祭の話を聞いてみたかっただけさ。ついでに、俺の下に仕えてみる気はないかと聞いてみたくてな」

　ジラードが知っているのであれば、俺が誰に仕えているかは理解している筈《はず》なのに、ごく普通に勧誘をしてきたな。天然なのか策略あっての行動なのかはわからないが、この強引さがジラードたちのような英雄を仕えさせた秘訣《ひけつ》なのかもしれない。

　まあ一国の王子だろうと、まだよくわからない相手に仕える気は微塵《みじん》もないので断らせてもらうとしよう。

「申し訳ありませんが、お断りさせていただきます。私はリーフェル様に仕えている身ですので」

「その通りですわ。私の目の前で勧誘とは、随分と大胆な事をするのですね」

「ははは、すまんな。強い奴を見ると、つい勧誘したくなる性分でな」

さすがに黙ってはいられなかったのだろう。リーフェル姫が笑みを浮かべながら咎《とが》めるが、サンジェルもまた涼しい顔で受け流している。

笑いながらも視線による火花を散らす二人に皆が距離を取り始めているので、中心にいる俺が止める他なさそうだ。

「あー……口を挟むようで申し訳ありませんが、一旦場所を変えませんか？」

「シ、シリウス様の言う通りですよ、サンジェル様！　それにそろそろ食事の支度が整うと思いますし……」

「……そうね。ここだと落ち着けないもの」

「ああ。そろそろ昼食の時間だし、場所を変えてゆっくりと語り合うとしよう。城の者に皆を満足させる食事を用意させておいたから、期待して……」

何とか場は収まり、サンジェルが俺たちを案内しようと歩き出したその時、突如一人の使用人が慌てた様子でサンジェルの下へ駆け寄ってきたのである。

「こちらにいましたか、サンジェル様！　大変でございます！」

「騒がしいぞ。一体何の用だ？」

「その、アシュレイ様が……」

「またか!?　くそ、相変わらず面倒事ばかり起こす奴だ！」

あの使用人……どこかで見た事があるかと思ったら、さっき俺たちの馬車を停《と》めた時に近くで作業をしていた男だな。

そんな男が緊張しながら説明を続けていると、体の手入れをする為《ため》に少し離れていたレウスとジュリアが戻ってきて会話に加わってきた。

「兄上、アシュレイが何かしたのですか？」

「また勝手な行動をして、周囲の者を困らせているそうだ。止めに行かねばならんようだが、お前たちも一緒に来た方が良さそうだ」

「私たちもですか？　しかしアシュレイ様とはまだ会った事すらないですが……」

「俺の愚弟が、お前たちの馬車の前で騒いでいると知ってもか？」

「馬車？　まさか……」

俺たちの馬車は内装はとにかく外見は普通の馬車にしか見えないから、アシュレイとやらの興味を惹けるとは思えない。

つまり騒ぐとすれば、馬車で待機を命じさせていたホクトに関係しそうなので、全員で馬車の下へ向かってみれば……。

「くっ！　この肉でも見向きもしないとは、さすがは百狼《びゃくろう》だな。けどよ、まだまだ手はあるぜ！」

「クゥーン……」

肉の塊を持った金髪の青年に絡まれ、困り果てているホクトの姿があった。

絡まれると言っても青年は一定の距離を保って眺めているだけなのだが、ああも目を輝かせて周囲をうろつかれてはかなり鬱陶しいだろう。

「あの馬鹿が。王族でありながら、まるで子供みたいに騒ぎおって……」

「おお……何と立派な魔物なのだ！　是非とも背中に乗って戦場で駆け抜けてみたい！」

「……ここにもいたか」

二人の反応からして、どうやらあの金髪の青年がサンドール国の第二王子……アシュレイらしい。

あのホクトを恐れずに近づこうとする度胸には驚かされるが、今はそれ以上に気になる点があった。

「只者《ただもの》じゃないのはわかってはいたけど……まさかね」

「なあ、兄貴。あの男って……」

「ああ、けどそれ以上は口にするなよ」

服装と髪型は全く違うが、あの独特の気配と言動は間違いあるまい。

「どうりで色々詳しいかと思えば……やはりそういう事か」

ホクトの周囲で子供のようにはしゃいでいるアシュレイは、昨夜出会った情報屋の青年だったからだ。

「食い物が駄目なら俺と遊ぼうぜ！　ほーら、面白そうなボールだぞ！」

俺たちが来た事に気付いていないアシュレイは、肉を仕舞《しま》って布で作ったボールのような物を取り出した。

一緒に遊んで仲良くなるのは悪い手ではないが、ホクトの場合はボールよりフライングディスクである。付け加えるなら、俺が自由にしろと言わない限り遊ぶ事はしないので、アシュレイがやっている事はほとんど無意味だったりする。

ボールとアシュレイを見てはいるが、おすわりの姿勢で全く動かないホクトに、アシュレイは悔しそうに拳を握っていた。

「…………オン」

「これも駄目なのかよ！　勝手に触れたら逃げられそうだし、やはり飼い主を捜すべきか……」

「そこで何をしている、アシュレイ」

「……ん？　おお、兄者と……姉者もいるのか。見ろよ、これがあの百狼だぜ？　凄《すご》いと思わないか！」

「うむ、確かに素晴らしい狼《おおかみ》だ！　神の御使《みつか》いと呼ばれる存在だと聞いた事はあるが、そう呼ばれるのも納得だな！」

「ジュリアも落ち着かんか！　お前も早くこっちへ来い！」

兄に呼ばれたアシュレイが不満気な表情でこちらにやって来れば、ホクトは安堵《あんど》するように息を吐いていた。

下手に追い払えば騒ぎになると思い、ずっと我慢し続けていたのだろう。どこか疲れた様子で俺に擦り寄ってきたホクトの頭を撫《な》でて労《ねぎら》ってやる。

「クゥーン……」

「よしよし、よく我慢したな」

そんな俺たちを羨ましそうに眺める目が二人分ー……いや、三人分あった。

一人はいつものようにエミリアなのだが、残り二人はジュリアとアシュレイからなので何だか居心地が悪い。ちなみにレウスは男なので、俺に撫でられる事を喜びはしても羨ましいとは思わなくなっている。

「くぅ……俺もあんな風に触りたいぜ！」

「竜とは違う勇ましさを感じるな。私も触れてみたい！」

「お前等、頼むから王族としてだな……」

最早《もはや》大きな子供にしか見えない妹と弟に、サンジェルは深い溜息《ためいき》を吐《つ》いていた。

二人の興奮が冷めないと会話になりそうにないので、俺はホクトから許可を取り、目を輝かせているサンドール姉弟へと声を掛けた。

「良ろしければ、ジュリア様とアシュレイ様も触りますか？　ホクトも構わないと言っていますので」

「いいのか!?　私が抱き付いて本当に構わないのだな！」

「えーと、ホクトが本気で嫌がらない範囲であれば……」

「そうか！　では早速行くぞ！」

俺の返事を聞くなり、ジュリアは戦場へ向かうような勇ましい目でホクトへ突撃していた。

一方、即座に飛びつくかと思われたアシュレイだが、俺に近づいてきて感謝するように握手を求めてきたのである。

「いやー、百狼を従魔にするだけあって懐が大きい男だな。あんたとは仲良くやっていけそうだぜ！」

「光栄ですが、少し近い気が……」

「……約束、守ってくれたな。やはり兄さんは俺の思った通りの男だ」

最後の言葉だけは周囲に聞こえない小声であり、約束とか口にした点から、このアシュレイが昨夜出会った青年で間違いないわけだ。

しかし一国の王子が何故あんな所に……と、疑問を浮かべていると、アシュレイは兄と姉の注意がこちらに向いていないのを確認してから、少し真面目な表情で話しかけてきたのである。

「悪いが、そのまま昨夜の俺は見なかった事にしてくれよ。兄者たちにばれると色々面倒なんだ」

「対価として情報を貰《もら》いましたからね。可能な限り黙っていますよ」

「助かるぜ。それじゃあ、約束通り百狼に触らせてもらうとしますか！」

「あまり激しくしないでくださいね。ところで……ジュリア様が凄い勢いで迫っていますが、あれは放っておいても？」

「姉者の好きにさせてやってくれ。ああ見えて可愛《かわい》いものが大好きなんだよ」

ジュリアが異常に興奮しているのは、動物に触りたくても満足に触れ合えた事がないからだそうだ。

どうやら彼女が自然と放つ威圧感に恐れて、可愛い動物や魔物類が本能的に逃げてしまうらしい。ちなみにそれを説明してくれたアシュレイもまた、姉に負けず劣らずの勢いでホクトに近づいていった。

「遂《つい》にこの時が来たぜ！　まずは前足からいってみるか？」

「何と見事な毛並みだ！　どうだ、私の足となって戦場を駆け抜けてみないか？」

「毛もいいけど、ホクトの肉球も気持ちいいよ。お姉さんとお兄さんも触ってみる？」

「それは興味深い！　是非ともお願いする！」

「俺も俺も！　頼むぜ、お嬢ちゃん」

気付けばカレンも加わっており、ホクトの触り方について指導し始めていた。

何だか頭を抱えたくなってきたが、更に困っているのは俺ではなく二人の兄であるサンジェルの方だろう。

「はぁ……情けねえ姿だぜ。同じ血を引いているのに、何でここまで堪《こら》え性《しょう》がないんだ」

「お気持ち、お察しします……サンジェル様」

そんな不憫《ふびん》な主《あるじ》を同情するように、ジラードは目を閉じていた。

兄が色々と大変そうではあるが、互いに遠慮がなく言いたいことをぶつけ合っているので、家族間の仲は良好にしか見えない。とても後継者問題で揉《も》めているようには思えないので、原因は城の重鎮や彼等《ら》の側近にありそうだ。

状況が少し見えてきたなと思いながら、俺は二人ー……いや、カレンも混ざった三人に絡まれるホクトを応援するのだった。

それからしばらく経《た》ち、ホクトと触れ合って満足した王族二人とフォルト、そしてリーフェル姫たちと別れた俺たちは、サンジェルによって城内の食堂へと案内された。

城には複数の食堂があり、俺たちが案内された食堂は王族専用の特別な場所なのだが、サンジェルは全く気にせず案内してくれたのである。

「準備が整いました。では、サンジェル様……」

「ああ！　さあ、サンドール自慢の料理人たちが存分に腕を振るった料理だ。遠慮なく食ってくれ！」

サンジェルが自信満々に答えただけあって、大きなテーブルには豪勢な料理が所狭しと並べられており、うちのハラペコ姉弟とカレンの目が輝き始めている。

見た事がない料理も結構あるので俺も早く食べてみたいところだが、食事に何か混ぜられている可能性もあるので慎重にいくとしよう。

「……シリウス様。問題はないかと」

「俺もだ。兄貴、早く食べようぜ」

「……そうだな」

ホクト程ではないが、優れた嗅覚を持つ姉弟の鼻で異常は見当たらなかったようなので、俺は幾つか料理を口にして毒見をしてみた。

従者がいる俺が毒見しているのも変かもしれないが、毒物だと判断して吐き出せるのは俺が一番適任なのだ。そもそも、普段の食事は俺が食べないと皆が食べ始めないというのもあるが。

口に含んだ食事と己の体に『スキャン』を発動させながら調べたところ、体に害を及ぼすものはなさそうである。

料理は全て大皿で用意されていたので、一通り味見を済ませてからカレンの分を取り分けていると、サンジェルから呆《あき》れた視線が向けられている事に気付く。

「おいおい、お嬢ちゃんに早く食べさせてやれよ。最後はさすがに酷《ひど》いだろ」

「サンジェル様。冒険者というのは、警戒心が強い者が多いのです」

「ん？　ああ、毒見か。何でお前がやっているのか知らねえが、中々に警戒されているようだな」

「気分を悪くさせてしまって申し訳ありません。ですがこれも性分でして」

「気にするな。警戒されて当然だし、お前たちがそれだけ慎重で俺の前でそれを堂々やる度胸を持っているのがわかっただけでも十分だ、ははは！」

必要な事とはいえ、目の前で毒見なんて相手にとってはかなり失礼な行動だろう。

実は挑発して向こうの本性を引き出す意図もあったのだが、サンジェルはむしろ勧誘しがいがあると言って豪快に笑っていた。相手の立場を考えた寛容な面があるのは好ましいと思う。

その言葉を皮切りに皆も食べ始め、初めて味わう料理に舌鼓を打っていると、ジラードにワインを注《つ》いでもらっていたサンジェルが上機嫌に口を開いた。

「おい、ジラード。こいつをもう一本出してくれ。お前さんの話だと、そちらのエルフさんはワインに目がないと言っていただろ？」

「ですが、これは希少な物ですよ？　サンジェル様の分が減ってしまいますが……」

「いいんだよ。ワイン程度で惜しむような、小さい王になるつもりはねえ」

「仕方がないですね。追加で取り寄せるように後で手配しておきます」

「頼んだぜ」

主従の関係である二人だが、会話から親友同士のような気さくさを感じた。公私問わず、普段から一緒にいるのだろうな。

「お二人は仲が良いですね。長い付き合いなのですか？」

「まあな。俺にとっちゃ臣下って言うより、親友みたいなもんだ。何せこいつがいてくれたから、俺は周りの連中を見返す事が出来たからよ」

「いえ。全ては私を見出《みいだ》していただいたサンジェル様の御蔭《おかげ》です。サンジェル様に拾っていただけなければ、私は町の片隅で誰にも知られる事もなく消えていたのですから」

「ったく、少しは自分を誇れってんだ。ほら、俺たちの事はもういいだろ？　それよりお前たちも飲めよ。こいつは俺のお気に入りのワインなんだ」

「ではお言葉に甘えて……」

「お酒なら喜んでご馳走《ちそう》になるわ」

サンジェルが飲んでいたワインを差し出してきたので、俺とフィアだけご馳走になる事にした。他の三人はあまり酒が好きじゃないし、カレンに至っては未成年だからな。

そしてサンジェルが飲んでいたワインを口にしてみたところ、勧めるだけあって思わず唸《うな》ってしまう程の味だった。

「これは……見事なワインですね」

「そうね。今まで色んなワインを飲んできたけど、これは一、二を争う一品だわ」

「こいつは一年前から作られるようになったワインだ。希少な材料を使うから年に数本しか作れない代物だが、遠慮なく飲んでくれ」

「……いいかしら？」

「そうだな、フィアなら問題はないか」

もっと飲んでも構わないかと目で訴えるフィアへ頷《うなず》いた俺は、残ったワインを口にしながらサンジェルについて考えていた。

確かに彼は話に聞いた通り、王族としては未熟な面があるようだ。感情を制御し切れていないように感じるせいだが、その辺りは冷静なジラードが補佐してくれればバランスが取れそうである。

それに精神は時間と経験で鍛えていくようなものなので、成長をすれば王として上に立てる素質は十分あると思う。

そんな彼を、若さがどうとか理由を付けて認めない臣下が多いのは、多くの人材が集まる場所なので、表や裏で複雑な事情が渦巻いているせいだろうな。

「何か普通の肉とは違う感じがするけど、これ凄《すご》く美味《うま》いな！」

「不思議な味わいですが、この魚も美味《おい》しいですね。この辺りに海はなかった筈《はず》ですが、川魚でしょうか？」

「ここから少し離れた町の漁師から直接取り寄せた魚です。新鮮さを保つ為《ため》に、保存には気を使っていますよ」

「おかわりをお願いします」

「蜂蜜はあるの？」

「もちろんありますよ。追加はすぐに用意させますので、少しお待ちください」

少なくとも俺の勘では、サンジェルから陰謀の匂いは感じられないので、これ以上は警戒を強めなくても大丈夫そうだ。

食事に夢中な弟子たちをのんびりと眺めながら、俺も素直に食事会を楽しむのだった。

しばらくして食事を終え、サンジェルは己の臣下……残りの英雄たちを紹介すると言い出したのだが、俺は無礼を承知で口を挟んでいた。

「紹介してくださるのは嬉《うれ》しいのですが、その前に一度リーフェル様と話をさせていただけないでしょうか？」

「そんなの後でもいいだろ？」

「サンジェル様。彼も久しぶりに再会した主に報告したい事があるのでしょう。ここは器の大きさを見せるところかと」

「……仕方ねえか。後でまた迎えを送るからな」

「ではそのように。先程の連中がまた絡んでくる可能性もありますので、彼の案内する所以外には行かないようにしてください」

サンジェルとジラードは準備があって部屋に戻るという事で一旦別れた俺たちは、紹介された兵士にリーフェル姫たちが寝泊まりしている部屋へと案内してもらった。

そして特に問題もなく目的の部屋へと到着し、敬礼をしてから去っていく兵士を見送ってから扉を軽く叩《たた》けば、返事と共にセニアが扉を開けてくれた。

「皆様、お待ちしておりました」

「セニア。もう用事は済んだの？」

「はい、先程戻って参りました。リーフェル様も戻られたばかりなので、皆さんで癒してあげてくれませんか？」

その言葉に首を傾《かし》げながら招かれてみれば、部屋の中心に置かれたテーブルにだらしなく突っ伏しているリーフェル姫と、それを窘《たしな》めるメルトの姿があった。

先程俺たちと別れたリーフェル姫は、城の重鎮たちに捕まってアシュレイと食事をさせられていたらしく、色々と気苦労があったのだろう。とはいえ、とても王族とは思えないだらしない姿なので、俺たちはどう反応するべきか少し迷った。

「姫様。もう少し身形《みなり》を気にしてください」

「んー……皆なら大丈夫でしょ。ほら、貴方《あなた》たちもいつまでもそこに立っていないで、適当に寛《くつろ》いでちょうだい」

心身共に疲労が溜《た》まっているのだろう、メルトも本気で止める様子が見られない。

本人がそう言っているので、気にしない事にした俺たちがテーブルへと着けば、セニアがすぐに紅茶を用意してくれた。エミリアとは違う洗練された味に懐かしさを覚えていると、リーフェル姫はようやく顔を上げて俺たちを見渡した。

「あー……もう！　相変わらず連中の魂胆丸見えな小言は鬱陶しいし、今日はアシュレイ王子からホクトについて散々聞かれたから大変だったわ！」

「ね、姉様。ちょっと落ち着いて……ね？」

「ふう……けど、アシュレイ王子の場合は子供の相手をしている感じだったから、そこまで疲れなかったのが救いかしらね。貴方たちの方はどうだったの？」

やはり俺たちの事も気になっていたのか、真剣な面持ちで聞いてくるリーフェル姫だが、拍子抜けなくらい和やかな食事会だったと報告した。

「しかし何度もサンジェル様が勧誘してきたので、精神的には疲れましたね」

「でも、出てきたご飯は美味しかったよね」

「ええ。ワインも最高だったわ」

「蜂蜜も美味しかった！」

「……楽しんでいたようね」

多少の緊張はあったものの、食事会を純粋に楽しんでいた弟子たちの姿に、リーフェル姫は複雑そうな笑みを浮かべながら紅茶に手を伸ばしていた。

「貴方たちはまだ面倒そうな連中と会っていないようね。心象が悪くなるから、サンジェル王子たちが会わせないようにしているのかもしれないわ」

「いえ、俺たちが狙われたわけではありませんが、そういう連中とは食事前に会いましたよ」

「だな。何か凄く偉そうな奴等《やつら》だったぜ」

実は食堂へ案内される途中、サンジェルを快く思っていない貴族や城の重鎮が何人か絡んできたのである。

事前にジラードから説明はされていたし、狙いが俺たちではなかったとはいえ、話していてあまりいい気分ではなかったな。

『また見知らぬ者を招き入れたのですか。サンジェル様、いい加減になされ』

『王が倒れたのであれば、もう少し考えて動くべきでは？』

『全くです。それに他所《よそ》から来た冒険者如《ごと》きに、あの食堂を使わせる必要はありますまい』

一見、勝手な行動を取るサンジェルを窘めているように聞こえるのだが、奥底ではサンジェルの事を王として認めていないのがよくわかった。

次代の王としての心構えを教える為に、あえて辛辣な言葉をぶつける臣下……という可能性もあるが、あの連中からは我が強過ぎるというのか、自分の方が優れているという驕《おご》りを感じるのだ。

もちろん彼等も実力があるからこそ城で勤められているのだろうが、己を高めるより他人を蹴落とす事に目を向ける連中に見える。正直、こんな連中ばかりで本当に国を維持出来るのかと、無関係な俺でも心配したくなる程だ。

この状況を、病気で倒れている王と後継者たちはどう思っているのだろうか？

短時間であるが、これまでの考えと浮かんだ様々な疑問をリーフェル姫に伝えてみれば、彼女は自分の勘が間違っていなかったと言わんばかりに深く頷いていた。

「やっぱり貴方もそう思うのね。実は私から見ても、城にいる者たちの性格が片寄り過ぎていると思うのよ。優れた者を評価するのはわかるけれど、我が強い者ばかりでバランスが取れていないのよね」

「でも優れた人が集まる分には良い事じゃないの？」

「個人として考えるならいいかもしれないけど、これは国全体としての話なのよ？　優れた者を大勢集めても、それを束ねる人がいなければ意味がないわ」

本来なら協力して国を支えなければいけないのに、他人の足を引っ張り自分が偉くなる事だけに固執している者……上昇志向が強い者ばかり集まっている。

そんな連中を束ね、適材適所に配置して調整するのが王なのだが、その王が倒れていないので暴走しているのではないかとリーフェル姫は考えているわけだ。そこへ更にセニアが集めた情報も報告される。

「私が調べたところ、ここ最近で役職や地位の入れ替わりが何度も行われたり、城から出て行った者が複数いるそうです」

「そのせいか、今の城にはいくつもの派閥があるみたいね」

王が病から復帰するのを待つ派閥、各王子と王女を支持する派閥、自らが王権を得ようと画策する派閥と、今のサンドール城はかなり混沌《こんとん》と化しているようだ。

もう一つ付け加えるなら、表面上は普通に見えるのが問題でもある。目に見えないからこそ、根元が腐っていたり、地盤が緩んでいる事に気付き辛《づら》いのである。

「俺は国の事はよくわからないけどさ、つまり凄く面倒な状態なんだろ？」

「一言で纏《まと》めるならそういう事だな」

「今のところ貴方たちは本格的に巻き込まれていないけど、勝手に話を進める連中もいるから質問されても下手に頷いたら駄目よ。まあ、ジュリアは信じても大丈夫だとは思う」

「兄貴、俺もジュリア王女は信じてもいいと思う。酷《ひど》い目には遭ったけど、あの人の剣は綺麗《きれい》で凄く真《ま》っ直《す》ぐだったからさ」

「そうか。お前のそういう勘はよく当たるからな」

ジュリアもまたレウスの剣を感じて俺たちを信じてくれたし、彼女は警戒しなくても大丈夫だろうな。レウスは違う意味で警戒が必要な気もするが。

他国の問題なのにリーフェル姫がそこまで気にしているのは、身を守る他にも、親友となったジュリアの為でもあるらしい。二人の友情は、俺が思う以上に深いようだ。

「じゃあ、サンジェル王子は引き続き警戒するとして、アシュレイ王子はどうするの？何だか遊び人っぽいけど、放っておける相手なのかな？」

「個人の事情もあるようだし、彼は筋を通しておけば問題はないと思う。対価があれば情報もくれそうだから、適度に付き合っていこう」

「それでいいと思うわ。ああ見えても最低限の礼儀はあったし、彼ならあまり無茶な事は言ってこないだろうし」

サンジェルはホクトに興味津々でも、フィアに見惚《みと》れていなかったからな。本人も意中の相手がいると口にしていたから、少なくとも妻たちが狙われる事はあるまい。

秘密さえ守っていれば話は通じそうだし、上手《うま》く付き合っていけば味方になってくれると思う。

「気を付ける事は多いけど、父さんが戻ってきてサンドールを出るまでの我慢よ。なるべく固まって行動するようにね」

とまあ、色々と忠告は受けたが、結果的に大陸間会合《レジエンディア》が終わってサンドールを離れるまで全員無事でいられればいいわけだ。身を守る術《すべ》と対策を構築しておかなければなるまい。

続いて俺たちがここへ来た本題に入ろうとしたのだが、その前に少し休憩がしたいとリーフェル姫は言い出した。

休憩も何も、すでに休んでいる状態じゃないかと首を傾げる俺を余所《よそ》に、リーフェル姫はカレンに視線を向けながら手招きしたのである。

「カレン、こっちへいらっしゃい」

「ん？　うん」

すでに安全な相手だと理解しているのだろう、カレンは素直に頷いてリーフェル姫に近づいていた。

そんなカレンを己の膝の上に乗せ、隣に座っていたリースの肩を引き寄せたリーフェル姫は満足気に息を吐いていた。

「はぁ……ホクトがいないのは残念だけど、こうしていると安らぐわぁ……」

「そういう時は蜂蜜を食べたらいいよ。カレンも疲れたら食べるから」

「カレンは疲れていなくても食べているじゃない」

「ふふ、子供の教育は大変そうね。それより甘い物……か」

リーフェル姫から訴えるような視線を向けられたので、俺は苦笑しながらレウスが持っていた鞄《かばん》からケーキを取り出した。

すぐさまセニアが人数分に切り分けてテーブルへと並べられれば、リーフェル姫の目が爛々《らんらん》と輝き始める。リースもまた目を輝かせているので、こういうところは姉妹そっくりである。

「これよこれ！　サンドールにもお菓子は色々あるけど、さすがにケーキはなかったもの」

「細工が以前と比べて格段と綺麗になっていますね。エリュシオンの職人たちに見習わせたいものです」

「久しぶりのケーキだな。ありがたく、いただくとしよう」

そして全員がフォークを手にし、ケーキを食べ始めたのだが……。

「うん……美味《おい》しい。それに何だか懐かしい味ね。リース、次は果物が乗った部分が欲しいわ」

「仕方がないなぁ。はい、口を開けてね」

「カレンは苺《いちご》の部分が食べたい！」

「はいはい。ほら、あーんしてね」

リーフェル姫はカレンに、リースはリーフェル姫へ切り分けたケーキを食べさせていたのである。

突っ込みどころ満載であるが、皆が楽しんでいるので良しとしよう。

「これは私たちも負けていられないわね！」

「リースが取られていますが、私とフィアさんなら十分勝機はあるでしょう。いざ！」

「勝機も何もないし、張り合わなくていいから」

とある町で食堂を経営する、どこぞの従者夫婦を思い出させる熱愛っぷりに妻たちが対抗意識を燃やし始めていた。

このままだと妙な勝負が始まりそうなので、俺は話題を変えようとケーキを食べ終わって部屋を見渡しているレウスへと声を掛けた。

「そうだ、レウス。ジュリア王女の件で忘れていたが、どうやらここにアルベリオが来ているらしいぞ？」

「え……本当か!?」

「ああ、さっきリーフェル姫から聞いた。ところで彼はどこにいるのでしょうか？」

「期待させて悪いけど、アルベリオ君は城にいないのよ。父さんたちと同じく前線基地へ行っているから」

どうりで気配がしないわけだ。それによく考えてみれば、城にいるならレウスが匂いで気付いていたかもしれないな。

「……そっか。久しぶりに会いたかったけど、もうちょっと後になりそうだな。兄貴、俺たちも前線基地に行けるのかな？」

「後でサンジェル様に聞いてみるか。どんな場所なのか、俺も個人的に興味がある」

「彼の妹さんとも少し話をしたわよ。来たばかりの頃は兄妹揃《そろ》って緊張していたけど、あの子はお兄さんを上手くサポートしていたわね」

アルベリオには奥さんがいた筈《はず》だが、彼女はどうやら来ていないらしい。

大きな国ではないので、護衛として連れてきた者も最小限だったと説明してくれる中、レウスは妻たちから真剣な視線を向けられていた。

「レウス。久しぶりの再会だから、最初が肝心だよ」

「こういう時こそ貴方《あなた》がエスコートしてあげないとね」

「シリウス様の弟子として、相応《ふさわ》しい対応を心掛けるのですよ」

「お、おう！」

「ふふ、リースの手紙に書いてあったけど、あの子がレウスの恋人なのよね？　どういう出会いだったのか詳しく教えてほしいわ」

それからアルベリオの妹……マリーナとレウスとの恋模様を説明しながらケーキを食べ終わった頃、妙な気配がこちらへ近づいている事に気付いた。

気配が部屋の前に来ると同時に扉が強く叩《たた》かれたので、セニアが素早く近づいて誰何《すいか》した。

「どちら様でしょうか？」

「お、この声は従者の姉ちゃんだな？　俺様が挨拶に来たから開けてくれよ」

初めて聞く声だが、城に滞在しているリーフェル姫たちは誰が来たのかすぐに理解したようだ。

しかし三人の表情に警戒の色が見えるので、あまり歓迎すべき相手ではないらしい。

「姉様、不味《まず》い相手なのですか？」

「来ているのは、サンドールで天王剣って呼ばれている男よ。巷《ちまた》では英雄とも呼ばれているみたいだけど、私からすればただの獣ね」

「名前はヒルガンと言う。はっきり言って、俺も会いたくない男だ」

「それなら扉を開けなければいいんじゃないの？」

「下手に追い返すと面倒になるのよ。私がどう思おうと、この国では英雄だからね」

謎が多い竜奏士と比べて天王剣の情報は多い。

剛剣に匹敵する力と剣技を持つ大男だと聞いたが、アシュレイの話だと女癖が非常に悪く、欲しいものがあれば我慢出来ない子供のような男でもあるらしい。下手に無視すると逆にしつこく迫ってくるそうだ。

更に周囲から英雄を無視しただのと小言が増えるので、居留守を使うわけにもいかないらしい。

そして主《あるじ》からの指示に頷《うなず》いたセニアが扉を開ければ、不機嫌そうな表情をした二十代らしき男……ヒルガンとやらが部屋に入ってきた。

「ったく、俺様が来たんだからすぐに開けろよ」

「申し訳ありません。こちらも大切な話をしていたものでして」

「そんな警戒しなくても、俺はサンジェルが呼んだっていう客を見に来ただけだよ」

英雄が着るとは思えない簡素なシャツとズボンに、燃えるような赤い髪を背中まで伸ばしているヒルガンだが、鍛え抜かれた筋肉と体の大きさはライオルの爺《じい》さんに引けを取らない迫力があった。

見た目の威圧感と獣のように鋭い目が相まって、剛剣に匹敵すると言われるのもわかる男だが、正直に言ってあまりいい感情を抱けなかった。何せ俺の妻たちを見るなり舌なめずりをするどころか、欲望に塗《まみ》れた目を堂々と向けているからである。

「へぇ……美人ばかりだと聞いていたが、こいつは予想以上だ。しかも人族どころか銀狼《ぎんろう》族もいやがる。選《よ》り取《ど》り見取《みど》りじゃねえか」

「彼女たちは、あちらにいらっしゃるシリウス様の奥方です。ヒルガン様のものではありませんので、その言葉は失礼かと」

「はぁ？　こんな細い奴《やつ》が、闘武祭で優勝した男なのかよ？」

セニアからの注意は耳に入っていないようで、俺の姿を見るなり本気で驚いている。城の来賓でもあるリーフェル姫の部屋でも好き勝手に振る舞う態度からして、こいつは噂《うわさ》以上に傍若無人な男のようだ。女は全て自分のものだと言わんばかりの態度は、正に本能のまま生きる獣のようである。

その視線から妻たちを守るようにヒルガンの前に立てば、鬱陶しそうに俺を睨《にら》んできた。

「おい、そこに立ったら女が見えねえじゃねえか。どけよ」

「ならそんな目で彼女たちを見るのを止《や》めてくれないか。お前の目は獲物を狙っているようにしか見えないんだ」

「いやいや、俺はただ女とお近づきになりたいだけさ。ちょっと握手するだけだからさ、そこをどけって」

笑みを浮かべながら近づいてくるが、全く信用出来ない笑顔である。

とても握手では済みそうに思えないので、俺は静かに警戒を高めながらヒルガンを睨み返して徹底抗戦の意思を見せた。リースも狙っているようだし、リーフェル姫も多少の騒動は許してくれるだろう。

殺気を放っても動かない俺に苛立《いらだ》ってきたのだろう。ヒルガンは俺を迂回《うかい》してエミリアに手を伸ばそうとしたので、その手を払おうとしたが……その必要はなさそうだ。

「……よろしくな」

横から割り込んできたレウスがヒルガンの手を握っていたのである。

中々いいタイミングだったと内心でレウスを誉《ほ》めていると、握手をしていたヒルガンは不快そうに目を細めていた。

「てめえ、何のつもりだ？」

「何をって……握手だよ。だってお前は挨拶しに来たんだろ？」

「野郎と手を握る趣味はねえ。さっさと離しな」

「そっちこそ、兄貴の許可なく姉ちゃんたちに近づくんじゃねえ！」

「はん！　まさか俺様と力比べする気か？　身の程というものを教えてやるよ」

不敵に笑った二人は手に力を込め始め、握手とは思えない肉の絞まるような音が響き始める。

傍目《はため》にはレウスより一回り大きいヒルガンの方が強そうに見えるが、毎日剣を振るって鍛え抜かれたレウスの力は見た目以上に高い。

本気を出したレウスの握力ならば、相手の手を握り潰すくらいは出来るのだが、ヒルガンの笑みが崩れる事はなかった。

「ぐっ……くっ!?」

「はは！　威勢が良かった割にその程度か？　そういえば前に闘武祭の準優勝者は銀狼族と聞いたが、まさかお前の事じゃねえだろうな？」

「俺が……そうだよ」

「この程度でかよ。俺様が出ていれば優勝確実じゃねえか」

どうやらヒルガンの力は想像以上だったようだ。レウスの表情は苦悶《くもん》に歪《ゆが》んでいるのに、ヒルガンは余裕すら見られるのだから。

次第に骨が軋《きし》むような音が僅かに聞こえたので、俺は止めに入ろうと手を伸ばしたのだが、その前にヒルガンの方から手を離していた。

「これでよくわかっただろ？　理解したなら下がってな」

「まだ……負けてねえよ！」

「レウス、それ以上は止めておけ」

「そうだよ。ほら、手を見せて」

悔しそうに呻《うめ》くレウスをリースが診ている中、俺は勝利の笑みを浮かべるヒルガンを睨みつけた。

レウスを上回るその力は称賛するが、性格面で少し教育する必要がありそうだ。

「何だ、次はお前か？　骨を折られたくなければ止めて……」

「ヒルガン。そこまでです」

「ちっ……煩《うるさ》いのが来たか」

俺も握手しようと手を伸ばしたところで、俺たちの様子を見にきたジラードが部屋へと入ってきたのである。

先程までの穏やかな表情と違って怒りを露《あら》わにしているジラードは、ヒルガンの前に歩み寄るなり怒鳴りつけていた。

「貴方には、サンジェル様が呼ぶまで大人しくしていなさいと指示した筈ですが、何故《なぜ》勝手な行動をしているのでしょうか？」

「仕方がねえだろ。城の連中が揃いも揃って、見惚《みと》れるような女が来たって言うんだからよ」

「彼女の相手はどうしたのですか？　今朝、貴方の下へ訪れた筈ですが」

「あの女なら……もう帰っちまったよ。ったく、俺様の愛を受け止めきれない女ばかりで困ったもんだぜ」

「はぁ……またですか。少しは優しくしないと、貴方の悪い噂が広まって女性が近寄って来なくなりますよ？」

「相変わらず小言ばっかだな。お前こそ、女を抱く楽しみを知れってんだ！」

二人のやり取りは次第に熱を増し始め、怒ったヒルガンが相手の胸倉を摑《つか》むまで発展したが、ジラードは動揺する事もなく言い返し続ける。

止めるべきか悩んでいたのだが、やがて根負けしたヒルガンが溜息《ためいき》を吐《つ》きながら引き下がっていた。見た目はヒルガンの方が強そうなのに、あの二人には明確な上下関係がある気がした。

「くそ……止めだ止めだ！　やる気がなくなっちまった」

「それは結構です。後で貴方の紹介をするつもりでしたが、これで十分なのでもう部屋に戻っていなさい。全く……まだルナの紹介も済んでいないのに」

「はいはい、わかったって！　今日は引いといてやるよ」

不機嫌なのを隠しもせず部屋を出て行ったヒルガンを確認したジラードは、溜息を吐きながら振り返るなり俺たちへ深々と頭を下げてきた。

「私の仲間が不快な思いをさせて、本当に申し訳ありませんでした」

「今のは貴方が謝っても仕方がない事ね。色々言いたい事はあるけど、今後はなるべく気を付けてほしいわ」

「善処します。最近は特に目が余りますので、そろそろ罰を与えようと考えております。

それで少しは大人しくなるでしょう」

「どう見ても向こうの方が強そうなのに、貴方はよく手綱を握れるわね？」

「サンジェル様より長い付き合いですからね。こう見えて私の方が年上ですし、ちょっとした弱点も握っていますので」

頭二つ分程の身長差はあるが、ジラードの方が年上らしい。

初めて出会った時は素直で向上心溢《あふ》れる者だったと遠い目をしながら語っていたジラードだが、ここに来た目的を思い出したのか、軽く咳払《せきばら》いをしてから改めて俺たちを見渡した。

「ところで話の方は終わったのでしょうか？　まだ終わらないのかと、サンジェル様が待ち侘《わ》びておりまして」

「一応区切りはついていますが……」

「それは後で構わないわ。先にそっちの方を済ませていらっしゃい」

リーフェル姫の顔色を窺《うかが》ってみたが、問題はないとばかりに頷いてくれた。

ここへ来た本来の目的はリーフェル姫たちを守る事と、彼女が城内で感じている違和感の正体を突き止める事だが、まずは城内を直接見回って来いと言いたいのだろう。

反対する理由もないので、俺たちはリーフェル姫たちと別れて再びサンジェルの下へ向かうのだった。

リーフェル姫の部屋を後にし、ジラードの案内で城内を歩いていたのだが、何故か正門の反対側にある裏口を通って城の外に出ていた。

「あれ？　城の外に出るのか」

「このような場所にサンジェル様がいらっしゃるのでしょうか？」

「城の裏には、私が管理している竜小屋があるんです。そこに私の仲間がいるんですよ」

竜という単語が出た時点で、そこに誰がいるのかは大体想像はつく。事情があって存在が隠蔽されている英雄らしいが、一体どのような人物なのだろうか？

「竜がいるの！　アスじいの仲間かな？」

「さすがに上竜種がいるとは思えないから、下竜種や中竜種だと思うわよ」

「カレン。ここではアスラード様や、故郷の事はあまり口にしないように気を付けるんだぞ」

「うん」

ジラードにあまり情報を渡したくはないので、カレンに釘《くぎ》を刺しながら歩いている内に目的地に到着したのだが、そこには俺たちが見上げるくらいに大きい小屋があった。

小屋の扉は開いており、そこから思い思いに寛《くつろ》ぐ竜たちの姿見えるので、カレンが興味深そうに眺めている。

「へぇ……下竜種ばかりかと思っていたけど、どれも中竜種のようね」

「しかも大きい個体ばかりだ。あれなら数人乗せても問題はなさそうだな」

一人乗せるのが限界な下竜種であろうと、竜が人に懐く事は滅多にない。

だがこの小屋には大型に近い中竜種が三体もいる上に、獰猛《どうもう》で有名な竜でもあった。

扱いを間違えてしまえば小屋どころか城さえも破壊しかねない竜だというのに、城内で平然と飼われているどころか、ここまで大人しいとはな。しっかりと仲を育み、調教されている証拠だろう。

「シリウス様。あちらに人影が……」

「あれが竜を見ている人かな？　でも……あれ？」

寝そべっている竜を見ながら歩いていると、エミリアとリースが竜の傍《そば》を歩き回っている者を見つけたのだが、二人は揃《そろ》って首を傾《かし》げていた。

何故なら、その人物がカレンと同じ子供にしか見えなかったからである。

竜の傍でも平然と歩き回っている様子からして、まさかあの子供が……。

「いえ、あの子は竜の調査も兼ねて雇っている町の子供ですよ。もう一人の英雄……本物の竜奏士であるルカはあちらです」

ジラードの言葉に視線を横へずらしてみれば、最早《もはや》下着のような胸当てと短パンの上に白衣のようなものを羽織った妙齢の女性がいたのである。

どこか科学者のような出《い》で立《た》ちで、胸元や太ももがやけに強調されているせいか目のやり場に困る女性であるが、彼女には色気よりも気になるものがあったのだ。

「あら、今日は大勢連れてきたのね。一体どちら様かしら？」

ジラードの姿を確認して笑みを浮かべたルカの頭部には、竜を思わせる立派な角が生えていたのである。

よく見れば角だけではなく臀部《でんぶ》から爬虫《はちゆう》類《るい》を思わせる尻尾が伸びており、若干緑っぽい全身には鱗《うろこ》のようなものがあちこちに付いていた。

「へぇ……今回はまた不思議な人たちを連れて来たのね。新しい協力者かしら？」

「今朝説明したでしょう？　闘武祭で優勝したシリウス殿と、その仲間たちですよ」

「ああ、そういえばそんな事を言ってたっけ？　それにしても……珍しいわね」

銀狼《ぎんろう》族にエルフ、そして有翼人までいるパーティーだからな。珍しいと思われて当然のメンバーだろう。

何か不穏な言葉を口にしながら俺たちを一通り見渡したルカは、好奇心に満ちた目を隠しもせずこちらへ近づいてくる。

「ルカ。彼等《ら》はサンジェル様のお客様です。そのような目で見るのはお止めなさい」

「あ、ごめんなさいね。気になるものがあったら、つい観察しちゃう癖があるの」

「人は研究対象ではありません。ヒルガンに比べれば可愛《かわい》いものですが、貴女《あなた》ももっと欲を抑えるべきです」

ジラードの指摘により冷静になったのか、ルカは咳払いをしてから立ち止まり、改めて名乗ってきた。

「ルカよ。城で飼育している竜の管理、世話を任されているわ」

科学者みたいではなく、本当にそういう事をしているらしい。何故ならルカが手にしている紙の束には、竜の記録と思われる図と文字がびっしりと書き込まれているからだ。

機会があれば見せてもらいたいと思いながらこちらも名乗ったところで、ルカは姉弟に視線を向けながら質問をしてきたのである。

「銀狼族なんて久しぶりに見たわ。ねえ、銀狼族は家族や仲間が大切だから、基本的に故郷を出ないって聞いたんだけど、貴方《あなた》たちはどうして旅をしているの？」

「私はシリウス様の従者ですから」

「俺は兄貴の弟子だからな！」

「……エミリアは俺の妻で、レウスは義弟なんだ。だから俺の旅に同行しているんだよ」

「なるほど、それだけ深い信頼関係を築いた結果か。血筋や同族すら上回る絆《きずな》……興味深いわね」

気になった事をメモしているのだろう、猛烈な勢いでルカが手元の紙に羽根ペンを走らせていると、今度はエミリアが質問をしていた。

「失礼ですが、ルカさんは竜族……なのでしょうか？」

「ん？　一応ね」

「一応？　何だか曖昧ね」

「私は人族と竜族の間に生まれたみたいなの。ほら、角や尻尾はあっても背中が寂しいでしょ？」

竜族とは上竜種が人の姿に変身している状態であり、人型でも角と尻尾と翼は残るものだが、ルカには翼がなかった。簡単に言えば竜族は竜に近い姿であるが、ルカの場合はより人に近いという感じだな。

「みたいって、父ちゃんや母ちゃんから何も聞いていないのか？」

「だって私の父親は生まれてから一度も会った事も名前すら知らないし、人族だった母親も私を産んですぐに亡くなったからね。竜の姿にはなれないけど、こうして角と尻尾があるんだからそう結論付けるしかないじゃない」

「う……ごめん」

「弟共々、申し訳ありません。知らなかったとはいえ、無粋な質問でした」

「気にしないで。親がいないのは貴方たちも似たようなものでしょ？」

「……何故そう思うのですか？」

「勘よ。そういう人が放つ独特な空気が私にはわかるから」

両親がいないどころか、竜の角と尻尾が嫌でも目立ってしまう彼女だ。これまで様々な苦難があったに違いあるまい。だからこそ勘という曖昧なものでも、思わず納得してしまう程の重みがあった。

だが……彼女は本当に人族と竜族のハーフなのだろうか？

この世界には多種多様の種族が存在するが、他種族同士による子供は基本的にどちらかの種族として生まれる。

例えば俺の従者……猫の獣人であるノエルと、人族のディーの子供になると、猫の獣人か人族のどちらかしか生まれない。猫の耳か尻尾だけが生えたハーフが生まれる可能性はなくもないが、それは非常に稀《まれ》なケースと聞く。

更に竜族の場合は種族による相性が重要らしいので、人族が竜族の子を身籠るのは不可能に近いと竜族の長であるアスラードから聞いた。だからこそ竜族は相性の良い有翼人と共に暮らしているのである。

要するにルカのような存在はあり得ないのだが、こうして目の前にいるので完全には否定も出来ない。世の中は本当に不思議な事が多いものだ。

「ああ……そういう事。こんな所で竜を飼い慣らす事が出来るわけね」

「フィアも気付いたか？」

「ええ。彼女に流れる竜族……上竜種の血ね」

カレンの故郷に滞在していた頃、上竜種であるアスラードとゼノドラが野生の下竜、中竜種へ指示を飛ばしていた光景を見た事がある。

つまり種として明確な上である上竜種ならば、竜も話が通じるという事だ。

おそらくルカに流れる上竜種の血によって、ここの竜たちは彼女の言葉を聞いてくれるのだろう。会話が出来るのならば、後は信頼関係……といったところだな。

竜の飼育に関しては理解出来たが、一つわからない事がある。

「そういえば、何故《なぜ》彼女の存在は隠されているんだ？　ハーフだろうと、彼女なら色んな意味で目立つと思うんだが」

「それは……その、情けない話なのですが、城の重鎮たちが口を挟んできたせいなのです。サンドールを救った英雄が、得体の知れない種族なのは恥だと騒ぐ者がいまして」

「どこかで聞いた事があるような人たちですね」

「兄貴風に言うなら、器が小さい奴《やつ》ってとこか？」

人族が至上だと考える、学校に入学した頃のエリュシオンにいた連中のようだ。

もちろん、ジラードとサンジェルが抗議したそうだが、当時はまだ二人の立場と言葉も軽く見られていたので、結託したアホな連中を抑える事が難しかったらしい。

結局、英雄として戦った者を無視するわけにはいかないという事で、ルカの正体は隠蔽される形となったそうだ。

報われない処置に憤りを感じるが、当の本人であるルカが全く気にしていないのが不思議である。

「随分と酷《ひど》い扱いなのに、貴女はそれで良かったの？」

「ああ。数年前の話だし、今ならそういう連中を見返す事が出来るんじゃないのか？」

「実は何度かルカの事を公表しようとしたのですが……」

「私が断ったの。目立つ事は嫌いだし、私はジラードの傍にいられれば十分よ」

「……とまあ、本人が嫌がるので現状のままなのです。ルカはもっと評価されるべきだというのに……惜しい事です」

「立場や人の目なんてどうでもいいわ。それより貴方を支える方が私は大切なの」

最初は恋人同士なのかと思ったりはしたが、話によると二人は幼い頃から一緒に過ごしているので、血の繋《つな》がりはないが家族のような関係らしい。

ただ、ジラードに心酔するルカの反応に見覚えがあるのは何故だろうか？

「何だか見慣れた光景ね」

「うん。シリウスさんとエミリアのやり取りみたい」

「主《あるじ》への忠誠心なら私の方が上です」

「「勝負の話じゃないから！」」

大切な人の為《ため》に己の全てを捧《ささ》げる姿勢は、確かにエミリアと似ているかもしれない。

ルカを警戒して耳を逆立てているエミリアの頭を撫《な》でて落ち着かせていると、ジラードが苦笑しながら話の補足していた。

「当時は悔しい思いはしましたが、今はそれでも良かったと思うんです。ご覧の通り、ルカは男を自然と惹《ひ》き寄せてしまいますから、下手に表へ出れば不埒《ふらち》な男たちが群がってきそうなので」

「薄着だからだろ？　もっと服を着た方がいいぜ」

「だよね。せめてもう少し体を隠すような服を着た方が……」

「私は肌を出している方が好きなの。この上着だって、ジラードが頼むから仕方なく着ているだけだし」

「いや、そんな薄いものよりもっと厚いコートを着た方が……」

「寒くないから平気よ」

竜族の血によるものなのか、寒さや暑さといった環境に強いらしい。こちらの心配を余《よ》所《そ》に本人は平気そうにしているので、気遣いは無用のようだ。

そんな風に会話を続けていたのだが、先程からカレンが妙に大人しい事に気付いた。

カレンにとって馴《な》染《じ》み深い竜を楽しそうに眺めていたのに、今はどこか緊張した面持ちで一点を見つめているのである。

「竜を見て緊張しているのね。心配しなくても、人を襲わないように躾《しつ》けたから近づいても平気よ」

「この子は竜に怯《おび》えるような子じゃないんだが……カレン、何かあったのか？」

「え!?　えーと……」

「もしかして、あの子が気になるのかしら」

カレンの視線の先には、竜奏士だと勘違いした六歳くらいの少女が水の入った桶《おけ》を重そうに運んでいた。

確か竜に関する実験で雇われた子供だと聞いたが、見たところ奴隷に付けられるような首輪はなく、服は質素だが叩《たた》かれた痕は見られなかった。

「あれは私たちとは関係のない町で雇った子よ。何が気になるのよ？」

「この子は同年代の子と話した事があまりないからさ。何か作業をしているようだが、あの子と話をさせてもらっても大丈夫だろうか?」

「別に構わないけど、あの子と意思の疎通は難しいわよ? それにサンジェル様もそろそろ来るみたいだし、後にしたら?」

「ルカ。子供には退屈な話になりますし、お客人の要望に応えるべきですよ」

「ふぅ……わかったわ。好きにしなさい」

サンドールの城では勝手な行動をしないように言い聞かせておいたので、少女に話し掛けたい欲求を必死に我慢していたらしい。

これが初めて友達になったイルアと出会う前だったら、見ているだけでカレンから話し掛けようとは考えなかっただろう。人との出会いに楽しさを覚え始めているのは良い傾向だと思う。

そしてルカから許可が出たところで話しかけてみなさいと伝えれば、カレンは満面の笑みを浮かべつつ少女の下へ向かっていった。

「えっと……は、初めまして!」

「……誰?」

「私、カレン。よろしくね」

「……ヒナ」

「ひな? えーと……あ、名前だね! ヒナちゃんって、呼んでいいかな?」

「……いいよ」

「ヒナちゃんは何をしているの？」

「……お仕事」

「そ、そうなんだ。カレンもお家でやっていたけど、大変だよね」

「……私は平気」

「う、うん。えっと……」

「…………」

そこで限界を迎えたのか、カレンは肩を落としながら俺たちの下へ戻ってきた。

ヒナと名乗った少女は不思議そうに首を傾《かし》げているので、別に怒っているわけでもなく、カレンの言葉で機嫌を損ねたわけではなさそうだ。

おそらくあの少女は感情を表すのが苦手な上に、極端に口下手なのだろう。無表情で淡々と語るような相手は、まだ人付き合いに慣れていないカレンには厳しいようだ。

「うー……」

「わかったから、そんな顔をするな」

俺の袖を引っ張るカレンが縋《すが》るような視線を向けてきたので、ここは簡単なアドバイスを送るとしよう。

己より遥《はる》かに大きい竜が傍《そば》にいながらも、恐れるどころか寧《むし》ろ積極的に近づいて作業をしている点からして、あの子は竜の世話が好きなのかもしれない。

好きな事なら話が弾むかもしれないと伝えてみれば、何か光明が見えたのだろう。やる気を取り戻したカレンは再びヒナへ挑んでいった。

「ね、ねえ。ヒナちゃんは竜が怖くないの？」

「……何で？　竜、格好いいよ」

「やっぱりそうなんだ。カレンも竜が好きなの。大きくて頼りになるもん」

「……私も。だからお世話が楽しい」

無表情だったヒナの口元が僅かにほころんだ事に気付いたのだろう。カレンは畳みかけるように、ヒナの手元を見ながら両手を突き出していた。

「じゃあ、カレンもお仕事を手伝ってもいい？　あの竜にお水をあげるんだよね？」

「……水、重たいよ？」

「これくらいなら平気だよ」

「……なら、こっちに来て」

物静かで独特な雰囲気を放つ少女だが、根は優しいのかカレンの事を受け入れてくれたようだ。

そんな二人が並んで水を運ぶ光景は微笑《ほほえ》ましいのだが、あのままでいいのだろうか？

子供が運べる量で竜たちの喉を潤すのは厳しいと思う。

「兄貴、俺も手伝いに行った方が良くないか？　カレンたちだけじゃ終わりそうにないぜ」

「平気よ。あの子に任せているのは、生まれて間もない竜が一体だけだから」

「さっき実験と聞いたが、もしかしてあの子に育てさせて、竜を操れるかどうか試しているのか？」

「鋭いじゃない。そう、同じ子供が育てたら素直になるかどうか実験しているのよ」

基本的に竜は卵から育てたとしても、大人になると人の言う事を聞かなくなるものである。

諸説入り乱れているが一番有力な説によると、成長すれば人と竜の種族による絶対的な力の差を本能で理解するせいらしい。

ならお互いに子供の頃から成長していけば、家族と思って言う事を聞いてくれるようになるのでは……という事でヒナは雇われ、竜の子供の世話をしているそうだ。

「人は本能的に巨大な存在を恐れるものなのに、あの子は竜に対する恐怖心が全くないの。だからあの子を選んだわけ」

「そっか、相手を怖がっていたら家族になれるわけがないよね」

「つまり第二、第三の竜奏士を作ろうとしているわけか？」

「竜を自在に操れる者が増えれば心強いでしょう？　戦力的にも、力を見せつけるという意味でもね」

並んで小屋の中へと入っていく二人の少女を見送ったところで、不意にジラードが真剣な様子で周囲を警戒している事に俺たちは気付いた。

先程までの穏やかな雰囲気とは違うので、何か大切な話をするようだ。

「シリウス様に少々お聞きしたい事があるのですが、よろしいでしょうか？」

「勧誘の話なら受けるつもりはないぞ」

「いえ、ただ貴方《あなた》の率直な感想を知りたいだけです。まだ半日程度ですが、この城の現状をシリウス様から見てどう思いましたか？」

「……あまり良くないだろうな」

後継者問題で揺れている状況なのに、支えるべき家臣たちの行動が見事にバラバラだからな。

そうなればいずれ足場が崩れ始め、国全体が崩壊していく可能性も十分あり得るだろうと、俺は要望通り素直に答えた。

「やはりそう見えますか。我が国ながら、本当に恥ずかしい話です」

「大国ならではの問題だろう。そういえば、病に伏せった王はどうなっているんだ？」

「あ、そうだね。倒れて動けないとまでは聞いたけど、回復する見込みはあるのかな？」

「……わかりません。これまで様々な魔法や薬を試してみたのですが、王はもう数ヶ月も眠ったままなのです。生きているのは確かなのですが、今後目覚めるかどうかは……」

城の連中もだが、ジラードもまた王が復活する事を諦めているようだ。

眠ったままの原因が不明な上に、数ヶ月も改善が見られなければそう思うのも仕方がないかもしれない。

　あまり深く関わるつもりはないのだが、サンドールの王が復帰すれば現状が改善される可能性もあるので、後でリーフェル姫に治療を申し出るかについて相談してみるとしよう。まあ俺が言わなくても、病人を放っておけないリースが診察したいとか言い出しそうであるが。

「最近、王が目覚めないのをいい事に、サンドールを牛耳ろうと企《たくら》む者たちが動き始めました。昼食前に出会った連中はその一部なのです」

「はっきり言わせてもらうが、欲に憑《つ》かれた目をしていたな。ああいう人物が王になってしまえば、国が大きく変わってしまいそうだ」

「その通りです。己が愛する国を守る為、サンジェル様は連中と戦い続けているのですが、やはり味方が少なく……」

「……だからこそ、お前たちの力を俺に貸してほしいんだ」

　遠目でも、ジラードが何を話しているのか察したのだろう。城の方から歩いてきたサンジェルが、ジラードの会話を引き継ぎながら俺たちの前にやってきた。

　だが先程までの豪快な笑みは鳴りを潜め、今は厳しい表情で俺たちへ語り掛け続けている。

「俺はこの国を、親父《おやじ》が築いてきたサンドールを誇りに思っている。だからその国が壊されそうになっているのを黙って見ていられねえんだ」

「それが私たちを勧誘する理由ですか？」

「ああ。連中に負けないような優れた人材が欲しいんだ！　それをジラードに相談していたら、お前たちの話が出てきてな」

「実力は闘武祭の結果でわかりますし、銀狼族《ぎんろう》やエルフという悪漢に狙われやすい者たちがいながら、これまで無事に旅を続けているのです。もちろん圧倒的な強さを持つ百狼《びゃくろう》の御蔭《おかげ》もあるのでしょうが、世界で生き残るには皆が様々な事に精通していなければ出来る事ではありません」

　こちらが考えている以上に俺たちの事を知っており、実力も評価してくれているようだ。

　俺が評価されている事にエミリアが満足そうに頷《うなず》いているが、今は置いておこう。

「そして私なりに情報を集めた結果、皆さんの力があればこの状況を打開出来ると思い、サンジェル様に進言したのです」

「聞いた時は半信半疑だったが、実際に会って納得出来たよ。お前たちは頼りになりそうな連中だってな」

「この城に勤めるだけあって、連中も狡猾《こうかつ》で中々尻尾を摑《つか》ませてくれないのです。少しで構いません、どうか皆さんの力を貸していただけませんか？」

　度重なる勧誘も、全ては故郷を守りたいが故か。

　その志は立派だと思うが、残念ながら俺も簡単に頷くわけにもいかないのである。

「申し訳ありませんが、俺の主《あるじ》はリーフェル様ですからこの場で答える事は出来ません」

「わかっているさ。けどよ、それを理解した上での頼みなんだ」

「連中の策略により、王に仕えていた信頼出来る臣下が次々と城を追い出されています。先の氾濫に活躍した私たちは大丈夫かもしれませんが、その威光も何時《いつ》まで保《も》つか……」

「偶《たま》に私を部屋に招こうとする奴《やつ》もいるのよ。本当に鬱陶しい連中だわ」

「俺の臣下が無理なら、手を貸してくれるだけでもいい。エリュシオンの姫さんに話をしておいてくれよ」

　身分を考えず、頭をしっかりと下げて頼み込んでくる様子から、状況はかなり深刻なようだ。中立者や味方になりそうな者が次々と消えていくのに、敵は増える一方なのだから当然かもしれない。

「認めたくはねえが、俺には王としての力が色々と足りていねえ。だから連中に舐《な》められているんだ」

「そのような事はありません！　サンジェル様こそ、次代の王として相応《ふさわ》しい御方《おかた》です」

「全ては己が一番だと思い込む、愚かな連中たちのせいですよ」

　先程といい、出会った時といい、サンジェルが遅れてやってくるのは、敵対している連中が嫌がらせのようなタイミングで仕事を回してくるせいらしい。

　相当振り回されているらしく、つい弱音を吐いているサンジェルに英雄の二人が必死に励ます。

「……そうだったな。俺はこんな所で躓《つまず》いている場合じゃねえか」

「その意気です。状況は不利ですが、私たちはまだ負けていません」

「いい加減、ヒルガンにも働いてもらいましょう。そろそろ英雄として疑問視されるくらい、あの子は好き勝手していますから」

己の能力不足を自覚しながらも、それでも逃げずに国を守りたいと戦い続ける強い意志には惹《ひ》かれるものがある。

ジラードたちだけでなく周囲の者たちがもっと協力的であれば、いずれは王として大成すると思うのに、色々な面で惜しい男である。出会う順番が違っていれば勧誘に乗っていたかもしれない。

今の状況では協力は出来ないが、言葉か何らかの形で応援くらいはしようと思うのだった。

その後、小屋から戻ってきたカレンと合流した俺たちは、更に城内を案内してもらい、夕食をご馳走《ちそう》になってからサンジェルたちと別れた。

別れ際に前線基地の見学は出来るのかと聞いてみたが、今の状況では厳しいと言われ断られてしまった。残念ではあるが、予想していたので悔しくはない。

そもそもサンドールから前線基地までは、馬だけでも半日以上はかかる場所にあり、予定によると王たちは明日にも前線基地を発《た》つそうなので、俺たちが向かったところで入れ違いになるだけだ。アルベリオ兄妹との再会はもう少し後になりそうだ。

そしてサンジェルたちと別れた俺たちは、城内に用意してくれた部屋に戻らずにリーフェル姫の部屋にやってきていた。

「そう。貴方に目を付けたのは、さすがと言うべきかしら」

「不味《まず》い状況なのはわかりますが、助力は断るつもりです。少し後味は悪いですが」

「それが無難ね。手を貸した場合のリスクが大き過ぎるわ」

「なら王様はどうするの？　寝込んだまま……なんだよね？」

「心配しなくても、明日ジュリアに話してみるわ。王が治るに越した事はないし、優れた医者が二人いるって私から伝えれば、診察くらいはさせてくれるかもしれない」

「あまり期待されるのも困りますが、全力を尽くしますよ」

治療が成功すればの話だが、王が復活すればサンジェルの状況も改善すると思うので、現時点で最も適した選択だと思う。

それが原因で面倒な連中に目を付けられたとしても、前線基地から王たちが帰ってくれば大陸間会合《レジェンディア》はほとんど終わりらしいので、絡まれる前にサンドールを出てしまえばいいのだ。

「報告はこんなところでしょうか？　では、そろそろ部屋を調べさせてもらいますね」

「お願いね。私物以外なら好きに調べてちょうだい」

「兄貴、俺も何か手伝う事はあるか？」

「部屋に誰か近づいて来ないか警戒しておいてくれ。メルトさんは……」

「ああ、入口を見張っておこう」

話し合いで大体の方針が決まったところで、俺は席を立って部屋内を歩き回る。

俺がこの城へ来た本来の目的は、リーフェル姫たちを守る事と、彼女が口にする城のあちこちから感じる謎の気配を調べる事だからだ。

壁に手を当て、『スキャン』を発動させながら部屋の隅から隅へと移動していると、紅茶を飲みながら談笑する女性陣の会話が聞こえてきた。

「それでね、小屋にはカレンと同じ大きさの竜がいたの。カレンが近づいたら怖がっていたけど、ヒナちゃんが撫《な》でたら嬉《うれ》しそうに尻尾を振ってね……」

「へぇ、子供とはいえしっかりと懐いているのね。ところで、カレンはもうその子と友達になれたの？」

「……まだ。カレンはお手伝いをしただけだし、ヒナちゃんもカレンも友達になろうって言っていないから」

「ふふ、大丈夫だよ。友達はね、口にしなくても自然となっている時もあるんだから」

「二人で同じ事をしたり、一緒にいて楽しいと思えれば友達みたいなものですよ」

「そうなの？」

「でもあの子は口下手だから、きちんと言った方が良さそうな気もするわね」

「どっちなの!?」

新たな友達が出来そうで興奮の冷めないカレンが騒ぐ中、壁の中に違和感を覚えた俺は魔力を集中させて更に細かく調べていく。

写真を拡大していくように、劣化によって生まれた細かい亀裂や穴まで調べた結果、壁の中に何か細いものが無数に存在しているのが判明したのである。

表面上は普通の石壁にしか見えないので、ナイフで壁の一部を切り取ってみれば……。

「やはりか。だがこれは……」

そこには僅かな隙間と亀裂を縫うように、植物の根らしきものが無数に伸びていたのである。

違和感の正体はこれで間違いないようだが、壁の中を浸食しているそれはどこにでもありそうな植物にしか見えない。これも調べてみようと手を伸ばしたところで、俺の不思議な行動に気付いたエミリアが近づいて来たのである。

「シリウス様、何か見つけたのですか？」

「……ちょっと気になる事があってな。だがこれは外れかもしれないな」

「植物の根……ですか？　壁の表面は綺麗《きれい》でも、中は随分と荒れているのですね」

「古くから存在する城らしいからな。浸食されるのも仕方がないだろうさ」

皮肉だが、現在のサンドール城を表しているように思えるな。

内心で苦笑しながら引っ張った植物の根はあっさりと千切れてしまったので、俺は『クリエイト』の魔法陣で元の状態に戻してから、テーブルで待つリーフェル姫の下へ戻る。

「一通り調べてみましたが、特に異常はありませんね」

「そう、やっぱり気のせいだったのかしら？」

「とはいえ、警戒は怠らないように気を付けるべきかと。エミリア、紅茶を淹《い》れてくれないか？　お前が淹れたのを飲みたい気分なんだ」

「わかりました！　すぐに用意します」

特に問題はない……そう装いながら、俺はエミリアへ目と手で合図をし、紅茶だけじゃなく紙と書くものを持ってくるように頼んでいた。

いつもと違う動きに皆が不思議そうにする中、俺はエミリアが持ってきた紙と羽根ペンを受け取りながらカレンへと視線を向けた。

「そろそろ夜も遅いし、カレンは寝たらどうだ？」

「まだ平気だよ？」

「あはは、ヒナちゃんの事を夢中で語っていたもんね」

「でもカレンはそろそろ寝た方がいいわよ。貴女《あなた》なら、落ち着いたらすぐに眠くなると思うわ」

「明日も色々ありそうだが、余裕があったらまたヒナちゃんに会いに行こう。その時に眠たかったら嫌じゃないか？」

「んー……わかった」

いつもより眠る時間には早いが、今はカレンがいると少し不味い。

それでも素直に頷いてくれたカレンの頭を撫でながら、俺は窓の近くで警戒を続けているレウスを呼んだ。

「レウス。悪いがカレンを部屋へ連れて行ってくれないか？」

「わかった。そのままカレンを守っていればいいんだろ？」

「仕掛けてくる奴はいないと思うが、一応な。頼んだぞ」

「なら私も部屋に戻ろうかしら。ちょっと飲み過ぎたのもあるのか、予想以上に疲れているみたい」

「ああ。俺たちも少ししたら戻るから、先に休んでいてくれ」

「私も行くわ。カレンちゃんと添い寝をしないとね」

「……姫様の部屋はこちらです」

さり気なく三人と一緒に部屋を出ようとするリーフェル姫だが、メルトの手によって連れ戻されていた。

悔しそうに席へと戻ってきたリーフェル姫に苦笑しながら、俺は皆が見えるようにテーブルへ紙を置いて文字を書きながら口を動かす。

「今日の様子からして、明日はジュリア様から勝負を挑まれそうな気がするな。俺も早めに休んだ方がいいかもしれない」

「……レウスが苦戦した相手ですから、体調は万全にという事ですね」

「ええ、レウスの師である貴方《あなた》が負けたら格好がつかないもの」

「そうだね。あの王女様は凄《すご》く強かったし……」

「皆様、紅茶のおかわりはいかがですか？」

そして雑談をしながら、文字の内容は口にせず俺の会話に合わせてほしいと皆へ伝えれば、若干戸惑いながらも全員頷《うなず》いてくれた。

そのままこんな回りくどい事をしている理由について書けば、皆の表情に緊張が走る。

『この部屋だけじゃなく、城全体を監視する存在がいるかもしれない』

そう……リーフェル姫の勘は間違っていなかったのである。

壁の中にあった植物の根に異常はない振りをしていたが、明らかに根から人が手を加えたような魔力を感じたのである。

更に『サーチ』の結果では、その植物は壁の中を通して城全体に広がっているので、まるで城に住まう者たちを監視しているように思えるのだ。前世で見られた監視カメラのような物かもしれない。

筆談で説明しているのは会話が聞かれている可能性と、これに気付いた事によって張り巡らせた相手が仕掛けてくるかもしれないからである。下手に魔力を放つのも危険なので、『コール』も使わない方がいいだろう。

もちろん俺の予想が外れだったり、盗聴は考え過ぎかもしれないが、ここは慎重に進めるべきだ。セニアが更に羽根ペンを二本用意してくれたので、引き続き旅の話をしながら筆談で状況の説明をする。

『先程見つけた植物を通して、相手の位置を探っている可能性があります。声が届いているかは不明ですが、念には念という事で』

『つまり、シリウス様と似たような魔法や技術を持つ相手と仮定すればいいのですね？』
『でも私たち、後継者問題とか結構深い話をしちゃっているような……』
『その辺りは大丈夫でしょ。もし不味い会話を聞かれていたら、すでに向こうから何か仕掛けている筈《はず》よ』

城に来てから様々な事を話題にしているが、今のところ強制的に排除しようとする行動は見られない。少なくとも、現時点では俺たちの事は放っておいても問題はないと思われている筈だ。

普通に過ごす分には問題ないだろうと書いていると、不満を表すようにリースが羽根ペンを動かす。

『城の人たちを監視するなんて、誰がこんな事をしているんだろう？』
『それなら予想がつくじゃない。サンドールには神の眼《め》を持つと言われている英雄がいるでしょ？』

その場にいなくても、まるで神が見下ろしているかのように戦況を完全に把握している点から『神眼』の名を貰《もら》ったジラードの事だろう。俺も同じ考えで、神眼と呼ばれる能力もこの植物を使ったものではないかと睨《にら》んでいる。

正直に言って真っ当な手段ではないが、実力主義なサンドールで生き残る為《ため》には必要な手段だったのかもしれない。

今はジラードと敵対しているわけではないし、彼の行動はサンジェルの……ひいては国の為なのだから、俺たちに危害を加えない限りは放っておくべきだろう。城での生活においては監視される事は珍しくもないし、隙を突かれないように俺たちが油断しなければいいのだから。

これで城に入った時から感じていた違和感が一つ減ったが、新たな謎も増えた。調べないと気が済まない事でもあるので、俺はリーフェル姫たちへ視線を向けながら文字を書き続ける。

『この国で、サンドールの歴史や情勢について詳しい人は知りませんか？』

『何を調べるつもり？』

『後継者問題とは関係のない話です。サンドールの過去が個人的に気になりまして』

『個人的……ね。普通の情報を求めているわけじゃなさそうだし、誰かいい人はいたかしら？』

『私にお任せください。サンドールの事ならば、表どころか裏にも詳しい御方《おかた》を知っていますので』

『セニアの知り合いなの？』

『私が今朝も会った、国で一番と言われる情報屋ですよ。信頼と実績がなければ難しい御方ですが、シリウス様ならば問題はないでしょう。途中までですが、私がご案内します』

セニアが苦労して摑《つか》んだ伝手《つて》に頼るのは申し訳ないと思うが、今はその言葉に甘えるとしよう。

なるべく早く答えを出しておきたいので、すぐに出発したいと俺は返事をした。

こうして、サンドールに詳しい情報屋と会う為に、俺はセニアを連れて城を抜け出した。

もちろんエミリアも付いてこようとしたが、リーフェル姫の周囲が手薄になるので残っているように頼んだ。

『わかりました。従者の先輩であるセニアさんの代わりを見事に果たしてみせましょう』

『あら、大きく出たわね。ならセニアの代わりに私を満足させてみなさい』

『リーフェル様、紅茶とケーキのおかわりでございます』

『完璧よ！』

『姫様はただケーキが食べたかっただけでは？』

『私の分もあるよね？』

緊張感に欠けるやり取りが繰り広げられていたが、楽しそうにしているので何も言うまい。

当然ながら勝手に城内を動き回ると騒がしい連中がいるので、隠密《おんみつ》に城を抜け出さないといけないわけだが、すでにセニアが何度も抜け出しているので難しい話ではあるまい。

正体を隠すフード付きのローブに身を包み、城内で見回りをしている兵士の目を避けて誰にも見つからず城の外へ出た俺とセニアは、夜でも賑《にぎ》わいを見せる箇所を避けて建物と建物の間を静かに進んでいた。

「……何事もなく城を出られましたね」

「ですね。とにかく尾行に気を付けながら進みましょう」

壁の中に張り巡らせた植物で俺たちがいなくなった事は相手に気取られている筈だが、すでにセニアが何度も抜け出しているのに対策どころか反応すらないのだ。少なくともこの行動は許されていると考えていいと思う。

一応『サーチ』で調べてみたところ、町の方にも例の植物の反応を感じるが城に比べたら微々たるものであり、サンドールを囲う防壁より外にはなさそうである。

考えを纏《まと》めながら歩いていると、先を歩いていたセニアが不意に振り返ってきて微笑《ほほえ》んできた。今は耳を使う為にフードを下ろしているので、彼女の表情がよく見える。

「……見事な腕前ですね。他の方と行動を共にしながら、ここまで不自由なく動けたのは初めてです」

「セニアさんが上手《うま》く誘導してくれるからですよ」

こうして近くで見たのは初めてだが、セニアの能力は非常に高かった。

気配の断ち方も一流な上に、兎《うさぎ》の獣人だけあって彼女の聴覚は非常に鋭く、音によって相手の位置を正確に把握出来るのだ。

そんな彼女の邪魔をしないように付いて歩いてきただけなのだが、セニアは俺の言葉を否定するように首を横に振っていた。

「ご謙遜を。私の後を、そんな涼しい顔で付いてこられる人なんて初めてですよ」

「我流ですが、色々と鍛えてきましたので。セニアさんこそ見事な技術ですが、誰かに教わったものですか?」

考えてみれば、リーフェル姫の事はリースから色々と教えてもらってはいるが、セニアの事はほとんど知らない。

過去を詮索するのは失礼かもしれないが、目的地までまだ時間が掛かりそうだし、今後の関係も考えて少し踏み込んでみよう。

もちろん触れられたくないのなら話題を変えるつもりだったが、こちらの心配を余所《よそ》にセニアはあっさりと教えてくれた。

「……父親からです。生きる為に必要な事だと体に叩《たた》き込まれました」

「もしかしてセニアさんの父親は……」

「ええ、父は裏で動く御方でしたので、私が教わった事は人を上手く……そして誰にも知られず仕留めるやり方でした」

身のこなしや気配の断ち方からして、暗殺者の経験があるのかもしれないと思っていたが、やはり本物だったらしい。

過去を思い出して目を細めるセニアに思わず謝罪する俺だが、彼女は問題ないとばかりに微笑み返してくれる。

「語るにはつまらない過去ですが、今はリーフェル様の従者として充実した毎日を送っていますから、辛《つら》いとは思っていません。それにこの話は近々お伝えしようと考えていたので、シリウス様が気にする必要はありませんよ」

「ですが無理して語る必要はないと思いますよ。セニアさんはリースにとって頼りになる姉の一人なんですから、過去なんて俺は気にしませんし」

「それは非常に嬉《うれ》しいのですが、仕える従者の事はよく知っておくべきだと思いますよ？」

確かに主《あるじ》が従者の事を把握していないのは問題だが、俺は別にセニアの主になった覚えは――……ああ、そういう事か。

「リーフェル様の妹であるリース様の旦那様ならば、私にとっては主のような御方の一人ですから。というわけで、私の事は今後呼び捨てでお願いします」

「俺は一応リーフェル様の近衛《このえ》みたいなものですし、どちらかと言えば同僚……いや、先輩と後輩では？」

「いいえ。先程の動きから、シリウス様の実力は私より上だと確信しました。つまり実力面も含め、敬うべき御方だと思っています」

裏の世界で生きてきた経験故か、互いの力量を理解し、上下関係を明確にしたいのだろう。

年上なので気にはなるが、俺も似たような人生を送ってきた事があるせいかセニアの考えは理解出来るので受け入れる事を決めた。

「わかった。これからもよろしくな、セニア」

「こちらこそ、改めてよろしくお願いします。ふふ……シリウス様を支えればリース様の為にもなるのですから、やる気も段違いでございますね」

「けど、呼び捨てにするのはこういう時か、皆と一緒にいる時だけにするよ。セニアが良くても、俺たちを知らない者の前では色々と不味《まず》い」

リーフェル姫の従者が俺にも敬う対応をしていたら、リースの関係性に気付く者が現れるかもしれないからだ。

それは承知済みだと頷くセニアだが、その表情はどこか不満気にも見えた。

「初めての命令がそれですか？　シリウス様なら足りていると思いますが、私を夜伽《よとぎ》の相手として呼ぶのも構いませんよ？」

「十分間に合っているから、冗談も程々に頼む」

「ふふ、年上として少しは余裕を見せておかないと駄目ですからね」

あの主の従者だけあって、俺をからかって楽しんでいるようだ。

とても仕えているとは思えない態度だが、俺としてはこれくらいがちょうどいいのかもしれない。弟子たちとは出来そうにない、仕事仲間みたいな感じが心地好《よ》かったりする。

こうして互いの遠慮がなくなった俺たちは、闇夜に紛れて歩き続けるのだった。

そのまましばらく歩き、町を囲う防壁に近づいたところで俺はセニアに声を掛けた。

「例の情報屋は、昨日俺たちが滞在したあの集落にいるのか？」

「はい。町の中だと都合が悪いので、あの場所に居を構えているのです」

「なら何でこっちに来るんだ？　正門は向こうなんだが」

あの集落はサンドールを囲う防壁の外にあるのだから、外へ出る為に正門へ向かわなければいけないのに、何故《なぜ》かセニアは遠ざかっているのである。

「正門から出ると人目に付きますので、別の方法で外に出ます」

「別の方法……ね」

首を傾《かし》げながらも防壁に沿うように歩き続ければ、平民の住居が建ち並ぶ区画までやってきたわけだが、その中で一際大きい建物の前でセニアは止まった。

「これは教会か？」

「はい。このような場所にありますが、平民だけでなく貴族も訪れる古い教会です」

「そうか、ここに隠しているのか」

教会は防壁に隣接するように建てられており、中には人の気配を幾つも感じる。すでに夜だというのに熱心な信者がいるようだ。ちなみに教会と聞けばミラ教を思い出すが、この辺りでは妙に長ったらしい名前をした豊穣《ほうじょう》の神を崇《あが》めているらしい。

警戒はしつつ教会へと入ってみれば、幾つも並べられた長椅子に祈りを捧《ささ》げている者が数人見られ、セニアの言葉通り平民だけではなく貴族らしき姿もあった。

そんな人たちを横目にしながら奥へ進めば、端に置かれた椅子に座る神父らしき男が温和な笑みを浮かべながら近づいて来たのである。

「おや、またいらしたのですね。何かお困り事ですか？」

「はい。もう一度だけ、神に懺悔《ざんげ》を聞いてもらいたくて参りました」

「……わかりました。迷える子羊の悩みは、一度だけでは語り尽くせぬ事もあるでしょう。どうぞこちらへ」

　セニアは本日二度目の訪問らしいが、神父は気にする事もなく俺たちを懺悔室へと案内してくれた。

　懺悔室は教会の一番奥にある上に壁が厚いので、叫んだりしない限りは外に声が漏れる心配はなさそうである。こういう部屋は本来一人で入るものだろうが、特に何も言われなかったので、俺はセニアと一緒に懺悔室へ入って扉を閉めた。

　同時に周囲の雑音が途切れ、壁にある小さな窓の向こうに人が座る気配を感じたところで、セニアは懐から取り出した金貨を窓の前に置いた。

「申し訳ありませんが、よろしくお願いします」

「あんたなら何時《いつ》でも構わないって聞いている。気にするな」

　窓の向こうにいるのは先程の神父のようだが、返ってきたのはあの優しい笑みとは程遠い冷淡な声だった。

　男はただの神父ではなく、二つの顔を使い分ける裏に精通した者らしい。セニアの説明によると、彼は俺たちがこれから会う情報屋の部下でもあるそうだ。

　そして神父が金貨を受け取ると足元の床板が外れ、明かりが灯《とも》る階段が現れたのである。

これでは町を守る為《ため》の防壁が意味を成さないと思うが、こういう抜け道は必要なのだろう。

「これは王族たちが抜ける為の道なのか？」

「はい。過去にサンドールの王家が秘密裏に作らせた抜け道だそうです。ですが今は裏の者たちが管理、使用している道のようですね」

抜け穴は人がギリギリ立って通れる程の大きさだが、少し進めば鍵付きの鉄格子があって進めなくなっていた。そんな鉄格子の向こう側には椅子に座って本を読んでいる男がおり、俺たちの存在に気付いて顔を上げた。

「百狼《びゃくろう》……です」

「……通れ」

どうやら今のは合言葉らしく、確認を済ませた男は鉄格子の鍵を開けて俺たちを通してくれた。

抜け穴を抜けた先は見慣れない小屋の中だったが、周囲の空気と気配からして、ここは昨日俺たちが滞在した集落だと判明した。

「なるほど、ここに繋《つな》がっているわけか」

「皆さんと再会した夜に教えていただきました。サンドールでも限られた者しか知らない道ですから、他言無用でお願いします」

「わかっているさ。けど、そんな重要な道をよく教えてもらえたな」

「これから会う情報屋は、この場所を取り仕切っている御方《おかた》でもあるんです。そして運がいい事に、私はその御方から気に入られまして」

「なら俺に教えて大丈夫なのか？　これでセニアの立場が悪くなるのは気が引ける」

「心配はいりません。シリウス様ならば大丈夫でしょう」

よくわからない信頼だが、セニアが全く気にしていないので問題はないのだろう。

引き続き、情報屋が住んでいる建物へと案内してくれるセニアに付いていくが、途中で先程の合言葉を思い出していた。

「ところでさっきの合言葉だが、何で百狼なんだ？」

「合言葉は頻繁に変えるそうです。ホクトさんが現れたのはそれだけ珍しかったという事ですね」

サンドールで重要な事が起こる度に、新しい合言葉に変える仕組みらしい。百狼は伝説とも呼ばれる存在なのだから、ちょっとした事件みたいなものだとか。面倒な話だが、秘密を守るってのはそれだけ大変なものである。

中々用心深い情報屋とルールに興味が湧いたところで、俺たちは目的の場所へと到着したわけだが……。

「……どう見ても娼婦館《しょうふ》だな」

「何か複雑な表情をなされていますが、シリウス様はこの手の事に慣れているのでは？」

「別に慣れていないし、入る事に異存はないんだが、知らない女性の匂いが付くとエミリアがな」

客として訪れた者がつい口を滑らしたりと、この手の店では情報が集まるものだ。女を抱いた事はないが、実際俺もその手の店に入って情報を集める事が偶《たま》にある。

しかし娼婦館で働く女性は、客引きの為に体を必要以上にくっ付けてくる者が多い。そのせいで俺の体に匂いが付いてしまい、鼻が利くエミリアが即座に気付いてしまうわけだ。

「あまり長い付き合いではありませんが、あの子はそんなにも嫉妬深いのでしょうか？」

「俺に悪い虫が付かないか心配しているんだよ」

従者として、そして妻として俺を守ろうと必死なのだ。

しかし心の奥底では納得出来ない感情が生まれるのだろう。

知らない女性の匂いに気付くと同時に、エミリアの耳と尻尾が微妙に垂れ下がる姿を見ると、こう……罪悪感が半端ないのである。

「ふふ、普段はしっかり者ですが、そういう方面ではまだ若いようですね」

「それが可愛《かわい》くもある。しかし女性と会う度に動揺されるのも困るし、少しは慣れてもらわないとな。覚悟を決めて行くとしよう」

「では私と腕を組んで入りましょう。町からお気に入りの子を連れ込んで来る者もいますので、二人組であれば店の子も近づいてきませんから」

「あまり変わらない気もするが、今は仕方がないか」

「酷《ひど》い言い方ですね。自分で言うのもなんですが、女としての魅力はあの子たちに負けていませんよ？」

「その悪戯《いたずら》するような笑みを隠してから言ってくれ」

セニアは冷静で、公私共に頼れる従者……というイメージがあったが、予想以上にお調子者な面があるようだ。だからこそ、あのリーフェル姫を傍《そば》で支えていけるのだと納得も出来たが。

恋人同士のような甘い空気ではなく、友達同士がふざけているような雰囲気で俺たちは娼婦館へと入るのだった。

甘い雰囲気なんか一切ないが、セニアがくっ付いていた御蔭《おかげ》で色気を振りまいていた娼婦たちが近づいて来る事はなかった。

そして店内の受付に話を通し、店の奥へと向かっていると、セニアの知り合いと思われる者が声を掛けてきたのだが……これが中々衝撃的な人物だった。

「あらぁ!?　また来てくれたかと思えば……男連れじゃないの！　仕事一筋に見えて、セニアちゃんも隅に置けないわねぇ」

「ふふ、もう一人の主ですわ。今から熱い夜を送る予定なのですが、部屋は空いていますか？」

「空いているに決まっているじゃない！　それにセニアちゃんの為なら、仮令《たとえ》満室でも空き部屋にしてあげるわよぉ！」

女性のような言葉使いなのに、こちらへ駆け寄ってきたのは筋肉隆々の男だったからだ。体は男でも、心は乙女というものだろうか？

だが俺が気になったのは見た目や言葉使いではなく、目の前の男から放たれる独特の感覚だ。とても戦うような人に見えないのに、人の生死に関わる独特の雰囲気を感じるのである。

「セニア、この人は一体？」

「この店を経営されているローズ様です」

「ローズよぉ。よろしくねぇ」

間違いなく偽名だと思われるローズは仕草も女性っぽく、服も完全に女性が着るようなフリル満載のドレスなので、様々な意味で直視し辛《づら》い相手である。

しかしこの人が目的の情報屋かもしれないので、失礼のない対応を心掛けていたのだが、セニアの反応からして違うらしい。

「ローズ様は仲介人です。彼女に認められなければ、情報屋に会う事は出来ません」

どうやらセニアの案内はここまでらしく、後は自分の力で信頼を勝ち取る必要があるようだ。どれだけ俺の味方だろうと、こういう世界では筋は通さなければ信頼を得られないので、セニアの対応は間違ってはいない。

「一つ聞きたいんだが、ローズさんは仲介人とここの経営以外に何か仕事をしているのか？」

「はい、ローズ様は遺体に化粧を施す依頼を受けていますね。公にはしていませんが、その技術はこの国で一番の御方です」

「そういうわけか……」

前世では死化粧師とも呼ばれた仕事と似たようなものだろう。どうりで不思議な感覚がするわけである。

そのやり取りを眺めていたローズは、こちらを値踏みするような視線を向けながら質問をしてきた。

「貴方《あなた》、闘武祭で活躍した噂《うわさ》のシリウス君よねぇ？　もしかして私がやっている仕事が許せない性質《たち》なのかしらぁ？」

「そんな事はありませんよ。大切な人には最後まで綺麗《きれい》でいてほしいと願う者はいますので、必要な仕事の一つだと思います」

国一番の情報屋が近くにいるのであれば、俺の正体が知られていてもおかしくはない。特に動揺もなくそう答えを返せば、ローズは面白いとばかりに笑みを浮かべた。

「んふふ、大抵の人は遺体に手を出すなとか言って怒ったりするけどぉ、セニアちゃんが連れてくるだけはあるわねぇ。貴方が死んじゃったら、私が化粧してあげるわよぉ」

「簡単に死ぬつもりはありませんが、その時はよろしくお願いしますよ。それより、ここにいるという情報屋に会いに来たのですが……」

「ああ、それなら奥よぉ。セニアに案内してもらってちょうだいねぇ」

もう少し問答が続くかと思えば、実にあっさりと通れそうだ。少し拍子抜けな感情が顔に出てしまったのか、ローズが理由を説明してくれた。

「だって実力に優れるだけじゃなく、あの百狼を連れている子だものぉ。敵に回すくらいなら恩を売っちゃった方がいいでしょ？　それにぃ……セニアちゃんが腕を組むくらい信頼されている子だからねぇ」

「ありがたい話ですが、つまりセニアと一緒な時点で問題なかったわけですね。なあ、さっきの認められるとかのやり取りは何だったんだ？」

「様式美でございます」

「必要よねぇ？」

何だか馬鹿にされている気がしなくもないし、そもそもこんなにも簡単でいいのかと思うが、本来ならば相当に厳しい審査があるのだろう。セニアの尽力と、俺の積み重ねてきたものが報われたのだと思うとしよう。

そんなローズの事を記憶に留めつつ奥へと進むと、周囲がカーテンによって完全に光が遮られている、明らかに雰囲気が違う扉があった。

どうやらここが店の一番奥らしく、その扉の前には剣を腰に下げた番人らしき男が静かに佇《たたず》んでいた。

男はセニアがいる事に気付いて剣を握る手を放したが、俺がいるので完全に警戒は解いていないようだ。

「……お前か。ボスに用があるのなら今は止《や》めておけ。上客の相手中だ」

「困りましたね。どれくらい待てばいいのでしょうか？」

「知らん。それより……隣の男は何だ？　あまり得体の知れない者をここへ連れ込むんじゃない」

こちらを睨《にら》みつけながら問い詰める男が一歩前へ出てきたのだが、それと同時に俺は反射的に右腕を動かしていた。

「……中々の歓迎じゃないか」

何故《なぜ》なら目の前の男が動くと同時に、背後から俺の首筋目掛けて一本の針が飛んできたからである。目の前の男が囮《おとり》となり、天井裏に潜んでいた者が放った吹き矢のようだ。

不意を衝《つ》いた一撃であるが、これくらいなら背中越しでも見切れない事はない。毒が塗られている事も考え、近くのカーテンを巻き込みながら針を掴《つか》み取れば、セニアが満足気な表情で頷《うなず》いていた。

「お見事でございます。事情を説明出来ず、申し訳ありませんでした」

「気にするな。事前に知っていたら不味《まず》いんだろう？」

初めて訪れた時のセニアもやられたらしく、彼女の場合は頭を軽く動かして避けたそうだ。

「これが情報屋に会う為《ため》の試験みたいなものなのか？」

「洗礼も兼ねていますね。人に頼るだけでなく、自身の能力も優れていなければ会う資格がないそうです」

針には動きを封じる麻痺《まひ》毒が塗られており、避けられなければ不合格という事で、事情を問い質《ただ》した後に処理されるらしい。

そして俺は合格らしく、天井裏の気配が消えると同時に、番人の男は仕方がなさそうに頭を掻《か》きながら扉へと手を掛けた。

「通していいか聞いてきてやる。少し待て」

「ところでカーテンの弁償代はどれくらいでしょうか？」

「必要ない。黙って待っていろ」

そして部屋に入って俺たちの事を説明しに行った男だが、すぐに戻ってきて俺たちに部屋へ入れと顎で促してきた。

そのまま扉の番人へと戻った男の横を通って扉を通ってみれば、まず気付いたのは鼻を僅かに刺激する植物の匂いだった。どうやら部屋内で香草を焚《た》いているらしく、透明度の高い煙が部屋に充満していたのである。

毒ではなさそうだし、不快な匂いではないので先に進んでみれば、部屋の大部分を占める巨大なベッドの上に、妖艶な雰囲気を漂わせた女性の姿があった。

「……いらっしゃい、セニア。二度も来るなんて、貴女《あなた》も忙しいようですね」

「こちらこそ、何度もお邪魔して申し訳ありません。ですが是非貴女に紹介したい御方《おかた》がいまして」

「ええ、彼には私もお会いしたいと思っていたから、気にしないでいいわ。けどその前に……」

俺たちの前で微笑《ほほえ》んでいる女性は、長い髪と全身の肌が雪のように白く、人形のような精巧さと美しさを持つ絶世の美女だった。

　年齢はセニアと同じ二十歳を越えたくらいだろうか？

　フィアやジュリアとは違う魅力を放つ美女に自然と目が向きそうになるが、今の俺は番人が話していた客の方が気になっていた。

　何せその美女の膝の上で幸せそうに眠っている男は……。

「殿下……殿下、起きてくださいませ。そろそろ戻らなければ、また小言を言われてしまいますよ」

「あぁ……もう少しだけ……」

「ふふ、いけない子ですね。ですがお客様が来ていますから、せめて体を起こしてくださいませ」

「そんなわけないだろ？　こんな時間に君を指名出来る奴《やつ》がそういる筈《はず》が……」

　サンドールの王族の一人である、アシュレイだったからだ。

　以前、心に決めた女性がいると口にしていたが、どうやらこの女性で間違いなさそうだ。同時にこの集落で情報屋のような真似《まね》をしていた点も納得出来た。

　しかし肝心のアシュレイは寝惚《ねぼ》けているようで、不満気な表情でこちらを睨みつけてきたのだが、立っているのが俺だと気付くなり固まっていた。

「……何でここにいるんだ？」

「情報屋を探して来たのですが、お邪魔だったようですね」

「何が欲しい？　金はあまり用意出来ないが、欲しい物があれば城の倉庫からかっぱらって……」

「何もいりませんし、大丈夫ですから」

城の人たちに言うつもりはないとはっきり口にすれば、アシュレイも安心したように大きく息を吐いていた。同時に開き直ったのか、アシュレイは女性の膝の上から動かなくなったので、彼に構わず話を進めた方が早そうである。

まずは自己紹介という事で俺が名乗れば、情報屋の女性は優雅な一礼をしてから名乗り始めた。

「私はこの集落『ハグレ』を取り仕切る、フリージアと申します」

誰が呼び始めたかはわからないが、この集落は『ハグレ』とも呼ばれているらしい。

それにしても、改めて見ても本当に美しい女性だと思う。

ちょっと失礼な話だが、髪や肌が妙に白いので、彼女が着ているものが娼婦《しょうふ》のような薄手の服ではなく着物だったら雪女みたいになりそうだ。

そんな事を考えながらフリージアを眺めていると、俺の視線に気付いたアシュレイが威嚇するように睨んできたのだ。

「フリージアは俺の女だからな！　それだけは譲れねえぞ！」

「殿下、落ち着いてくださいませ。彼が私の下を訪れる理由は一つしかありませんよ」

「その通りです。俺には妻がいますし、今は情報屋のフリージアさんへ会いに来ただけですから」

「ならいいけどよ……」

遊び人にしか見えないアシュレイであるが、一つの事になると真《ま》っ直《す》ぐな点は兄や姉と同じみたいだな。

まあ、肝心のフリージアの方は恋人というより、我が子を愛《め》でる母親のような感覚で接しているような気もするが……それはこれからの頑張り次第か。

「セニアから貴女がサンドールで一番の情報屋と聞いて来ました」

「ええ、何でも聞いてくださって結構ですよ。ですが……私は高いですよ？　シリウス殿は相応の対価をお持ちですか？」

「もちろんです。金貨何枚で……」

「少々お待ちください。その前に私から伝えておきたい事があります」

懐から金貨を出そうとしたところで、セニアが前に出てフリージアの耳元で何かを呟《つぶや》けば、先程まで一度も崩れなかったフリージアの笑みに緊張が走っていた。

「……それは本当ですか？」

「私も目の前で確認しましたが、見事な手際でした。考える余地はあるかと」

「お、おい……フリージア？　何か不味い事じゃないよな？」

耳打ちとはいえ、膝の上で寝ているアシュレイに聞こえそうな気もするが、彼の反応を見るに聞こえていないようだ。情報が漏れないよう、絶妙な声量で伝える技に感心している内にセニアは戻ってきた。

「一体何を話したんだ?」

「シリウス様の出費を抑える為の交渉でございます。節約するに越した事はありませんから」

「実に興味深い話でしたわ。シリウス殿、今回は特別料金にしておきますね」

「よくわからないが、とりあえず一枚渡しておくよ」

相手の反応を窺《うかが》いながら金貨を上乗せしていく予定だったが、もうこれだけで十分だと言わんばかりにフリージアは笑みを浮かべていた。

一体何を話したのかと後で問い詰めようと思っていると、居住まいを正してから俺へと視線を向けてきた。

「では、改めてお伺いしましょう。シリウス殿は何を知りたいのでしょう?」

「色々とありますが、まずは城で起こっている後継者問題についてです。そちらの方ではどれくらい把握しているんでしょうか?」

「ほとんどです。娼婦たちが集めた情報は、全て私の下へ集まりますから」

城の情報は膝の上にいる王族が何でも教えていそうだが、彼女の場合はそれだけではない。

サンドールに住まう者……つまり城で働く者たちが娼婦を相手に愚痴を吐いたり、調子に乗ってつい漏らしてしまう情報がフリージアの下へ集まるそうだ。

彼女は何らかの事情があってこの部屋から出られないのだが、それでも優れた情報屋として君臨し、この集落さえも纏《まと》めているのだ。彼女の能力は相当に高いだろう。

そんなフリージアが今のサンドールをどう考えているのか気になり、俺はこの点について聞いてみたのである。

「すでにご存じでしょうが、正当な跡継ぎである殿下たちを押しのけ、王の座を得ようと企《たくら》む者たちのせいで城内が荒れております。そして……私はその状況に違和感を覚えているのです」

「やはりそう思うのか」

そう。フリージアと同じく、俺もまた現状に違和感を覚えていた。

王が原因不明の病で寝たきりになったり、神眼と呼ばれる程の力を持つジラードがいながらもサンジェルが防戦一方だったりと、不可解な点が幾つもあるのだ。

つまり……。

「この状況を陰で操る者が存在する……ですね？」

「はい。城内を混乱させ、騒ぎに乗じて何かを成そうと企む者がいるのではと、私は考えています」

彼女も俺と同じ考えに至っているようだが、膝枕をしてもらっているアシュレイが複雑な表情で会話に加わってきたのである。

「フリージアがそう言うなら正しいとは思うけど、本当にそんな奴がいるのか？　王になりたい連中は前々からいたから、今の状況は別におかしい事じゃないと思うぞ」

「あくまで私の勘ですから、存在しない可能性もあります。ですが、どうも嫌な予感がしまして」

「……そっか。フリージアの勘はよく当たるからな。本当にいたら不味いし、やっぱり兄者と姉者に警戒するように伝えておくよ」

「いいえ、何度も伝えましたが、それは止めた方がいいでしょう。警戒しているのを知られたら、ご兄姉《きょうだい》のお二人だけでなく殿下が狙われる可能性もあります」

現時点で直接的な危害がないのは、少なくとも相手から影響はないと判断されているからだろう。フリージアは本気でアシュレイを心配しているらしく、勝手に動かないでほしいと諭し続けていた。

「けどよ、このまま放っておくのも不味いだろ？　何かやれる事は……そうだ！　フリージアが前に言っていたあれはどうだ？」

「それは今ではありません。殿下、心配なのはわかりますが焦る必要はありませんよ」

ある意味非常事態だというのにフリージアが冷静なのは、何か策があるからだろうか？

「聞いた話によると、ジラード殿が近々大きく動く予定だと聞きました。どうやらサンジェル様の劣性を覆す為の準備が整ったようです」

「フリージアさんはジラード殿と面識があるのでしょうか？」

「彼には何度か情報を提供した事があります。実は昨夜に彼から手紙が届きまして、そこには……」

時折、手紙を使ってジラードから情報を求められるらしい。

ジラードから送られてくる手紙は、欲しい情報だけが簡単に書かれているそうだが、昨夜届いた手紙の最後にはこう書かれていたらしい。

「機を逃すな……と。私が何を考えているのか知った上での文に違いありません。彼と上《う》手《ま》く歩みを合わせれば、現状が好転する可能性は高いでしょう」

「あの野郎、辛《つら》いとか言いながらしっかりと準備していやがったんだな。兄者を支えているだけはあるぜ」

「行動を起こす切っ掛けを摑《つか》んだのでしょう。ですから殿下は、御身の心配だけを考えてくださいませ。殿下の身に何かあれば私が困ります」

「わかったよ。フリージアと会えなくなったら嫌だからな」

表と裏……更に身分すら違う正反対な二人であるが、個人的にはお似合いなので上手くいってほしいものである。

気付けば二人だけの空間を作って会話をしていたが、話が脱線し始めている事に気付いたフリージアは軽く赤面しながら俺へと視線を戻した。

「申し訳ありません。お見苦しいものを見せてしまいましたが、私からは以上となります。他に聞きたい事はございますか？」

「なら、次はサンドールの歴史と、過去にいた英雄たちについて聞きたいんだが……」

その後も俺の質問は続き、必要な情報を幾つか得る事が出来た。

サンドールにおける闇の部分……人とは思えない残酷な所業と、それを権力で揉《も》み消す話を聞いて気分が悪くもなったが、御蔭《おかげ》でようやく俺の疑問が解消された。

「……そういう事か」

「どうやら私の話がお役に立てたようですね」

「ええ、十分です。これ以上遅くなると心配する者がいますので、今日はこれで失礼しますよ」

「わかりました。では、またお会いする時まで……」

アシュレイはもう少しだけ残るそうなので、俺はフリージアの意味深な台詞《せりふ》に首を傾《かし》げながら部屋を後にした。

《変わらぬ誓い》

そして俺たちはサンドールの城下町へと戻り、行きと同じく人通りが少ない道を進んでいた。

時間にすればほんの数時間程度だが、どうしても拭えなかった違和感が確信へと至ったので、ここまで来た価値は十分にあった。

それも全て、案内だけでなく複雑なやり取りを短縮してくれたセニアの御蔭だ。隣で用心深く耳を動かしながら歩く彼女へ、俺は礼を伝える為《ため》に話しかける。

「色々と助かったよ、セニア。だが随分とフリージアやローズと仲が良さ気だったな。短期間で秘密の道を教えてもらえるわけだ」

「はい。自分でも不思議なくらい、彼女たちとは気が合いまして」

「理屈じゃなくて本能的なものなら、これからも良い関係でいられそうだな。それで、セニアは俺に何をさせたいんだ？」

「何の事でしょうか？」

「惚《とぼ》けなくてもいい。俺に情報屋を紹介するだけじゃなく、何かをさせたくて彼女を……フリージアを紹介したんだろう？」

「やはり気付いていましたか。今回はアシュレイ様の目もあって避けましたが、今度会う時はシリウス様にフリージア様の容体を診てほしいのです」

それに気付けたのはセニアの行動だけじゃなく、フリージアの姿を観察した時だ。

青くすきとおるような彼女の瞳はとても綺麗《きれい》だったが、瞳孔の動きがほとんど見られなかった。しかもアシュレイに膝枕をしていた時も、ほとんど体を動かさないどころか妙に動きがぎこちなかったので、何らかの病気を患っていると思ったのだ。

「詳しい症状を教えてほしい」

「もう数年前の話ですが、彼女は矢によって受けた毒のせいで視力と足の動きをほとんど奪われてしまい、更に部屋で焚《た》いていた香の中でないと呼吸も満足に出来ないのです」

「毒……か。体全体に影響を及ぼしているなら、相当強い毒を盛られたみたいだな」

「尊敬すべき御方《おかた》を庇《かば》った名誉の負傷だそうです。薬や魔法による治療は効果がなかったのですが、リーフェル様を診断したシリウス様ならば、症状を緩和出来る方法が見つかるのではと思ったのです」

毒物が原因の症状が時間の経過で改善されていないのであれば、魔法だろうと簡単に治せるものではなさそうだ。

それに診断した事によって完治は無理だと判明するかもしれないし、あまり期待されても困る。

「さっき耳打ちしていた交渉ってのはそれか。俺が断ったらどうするつもりだったんだ？」

「断るつもりなのですか？」

「……わかった、セニアの友人なら引き受けるとしよう。けど、保証はしないぞ？　それに治療となればリースの力を借りる事になりそうだ」

俺が出来るのは『スキャン』による診断と、本人の回復力を高めるくらいだからな。

治療ならばリースは二つ返事で頷《うなず》きそうだが、何だかサンドールの闇にどんどん沈んで行っている気がするな。サンドールの王だけじゃなく、裏で活動する情報屋まで治療する事になったのだから。

「では急いで戻りましょう。皆さんがそろそろ心配していると思いますから」

予定より少し時間が掛かってしまったので、セニアは少し早足で進んでいく。

その後を付いていきながら、俺はふと立ち止まって闇夜に染まるサンドールの城を見上げた。

あちこちに焚かれた見張りの火が見えるが、あの城の暗さは闇夜だけでなく、多くの陰謀が交差しているせいにも感じられた。

そしてこの事態を陰から操っている存在があり、もう一つ付け加えるのであれば、これはまだ始まりに過ぎず、更に巨大な……世界にさえ影響を与えそうな事件に発展しそうな気がするのだ。各国の王や重鎮が集まる大陸間会合《レジェンディア》が開かれている状況なので、考え過ぎだとも思えない。

最早《もはや》俺たちの手に余りそうな事態かもしれないが、それでも縁を結んだ者たちを置いていく事は出来ないし、弟子たちもまたそれを望んでいる。

不安要素は多く、先へ進めば進む程に考える事は増えていくが……俺のやるべき事は変わらない。

大切な家族を守り、そして……。

「あいつ等《ら》を立派に育てるだけだ」

それに悪い方向に考えるだけじゃなく、寧《むし》ろこの状況を弟子たちの成長の為の踏み台にさせてもらうとしよう。

この逆境を経験した弟子たちが、どれほど成長するか楽しみだ。

そんな未来を予想して思わずほくそ笑んだ俺は、夜の闇へと姿を隠すのだった。

番外編《夢への日記》

有翼人の少女、カレン。

好奇心がとても旺盛な子で、本を読むのが趣味な彼女の夢は自分の手で本を書き上げる事である。

読書が好きなのもあるが、カレンが生まれる前に亡くなった彼女の父親が娘の為《ため》に本を書き残してくれたので、自分も本を書きたいと思うようになったそうだ。

その為に俺たちの旅に同行し、世界を巡って見聞を広めているカレンであるが、ただ知識を得るだけで本が書ける筈《はず》もない。

外の世界に出て友達が出来て、野営や家事を経験してカレンが旅に慣れ始めた頃……俺はサンドールへ向かう道中にカレンへ聞いてみた。

「なあ、カレン。本を書きたいと言っていたが、どんな本を書いてみたいんだ？」

「どんなって？」

「内容だよ。それを決めないと本は書けないだろう？」

知識を学んだり広めたりする為の学術書か、物語を楽しむ娯楽本……等と、本と言っても様々な種類がある。

しかしそこまで考えていなかったのか、カレンは俺の質問に首を傾《かし》げて悩み始めたので、近くで話を聞いていたフィアがアドバイスをした。

「お父さんの本を読んで書きたいと思ったんでしょ？　ならカレンも似たようなものを書けばいいんじゃない？」

「うーん……」

カレンの父親が書いた本は、旅に必要な知識等だけでなく世界の不思議現象みたいなものが書かれていたので、学ぶだけでなく面白いと感じる娯楽本のようでもあった。

故にカレンも同じような本を書くと思っていたのだが、まだ悩んでいる様子からして何かが違うらしい。時に子供は独特な考えをするので、答えがすぐに出ないのも当然だろう。

カレンの書きたいものは気になるものの、内容云々《うんぬん》は後で決められるので、まずは文を書く事に慣れるべきだと思う。読むと書くは結構勝手が違うものだからな。

「それは追々決めればいいよ。というわけで、カレンにこれをあげよう」

「新しい本！」

途中で寄った町で買っておいた本を嬉《うれ》しそうに受け取るカレンだが、中身を数ページ確認するなり不機嫌そうに俺を見上げてきた。

「……何も書かれていない！」

「それはそうさ。その白紙の部分はカレンが埋めていく本だからな」

「え、カレンが書くの？」

「ああ。本を書きたいのなら、読むだけじゃなく書いてみるのが一番だ。けどいきなり本は難しいと思うから、まずは日記を書いてみるといい」

「にっき？　それも本なの？」

「一日の出来事を文字で簡単に纏《まと》めるのが日記だ。例えば、今日は魔法の訓練を頑張った……とか、珍しいものを見た……とかな」

その日思った事を好きに書いてみなさいと伝えれば、カレンは面白そうとばかりに頷《うなず》いて本を両腕で抱き締めていた。

「カレンが何を書くのか楽しみね。後で私にも見せてくれる？」

「見たいの？　いいよ」

「なら俺もいいかな？　本は誰かに見てもらうものだからな」

日記を見せてもらえばカレンの心情がわかるし、感想や変な部分を指摘すればカレンの文才が磨かれるかもしれない。もちろん嫌がれば止《や》めるつもりだったが、幸いな事にカレンは全く気にしていないようだ。

とはいえ、この世界は本……つまり紙が希少なので、一日一ページという条件を付けさせてもらったが、こうしてカレンは日記を付ける事になった。

そして夕方になり、そろそろ眠ろうとした頃……カレンは書いた日記を俺たちに見せてくれた。

「これね、エミリアお姉ちゃんを見て書いたの」

「私ですか？　ふふ、何だか嬉しいですね」

そんなカレンが書いた日記だが、子供特有の緩い感じはあるものの、従者として俺を支えるエミリアの働きぶりがよく書かれていた。更に絵日記風にしたのか、俺に頭を撫《な》でられて尻尾を振るエミリアの絵もあって実に可愛《かわい》らしい。

初めてにしては上出来だと思っていたのだが、主役であるエミリア本人の反応はあまり芳しくなかった。

「実に良く書けていますね。ですが……足りません」

「え、駄目なの？」

「シリウス様の素晴らしさが伝わってこないのです。私が作業をしている間も、密《ひそ》かに見守ってくださるシリウス様の優しさが描かれていません」

「いやいや、日記にそこまで求めるのはどうかと思うぞ？」

「わかった！」

ほとんど趣味みたいな日記に対して随分と厳しい指摘だが、当のカレンは納得するように頷いているので、俺はそれ以上突っ込まない事にした。

次の日の夕方……カレンは再び書いた日記を俺たちに見せてくれた。

今度はリースが中心らしく、水属性の魔法の凄《すご》さや食事を沢山食べる日常が描かれていた。前日にエミリアが指摘した内容も多少は反映されていたので、エミリアは満足気に頷いている。

しかしある一点に対し、リースが申し訳なさそうに指摘していた。

「えーとね、あまり言いたくはないけど……ここが間違っているよ」

「え？　でも沢山食べていたよね？」

リースが気にしているのは、昼食時に彼女が食べたパンの個数である。カレンの日記では十個食べたと書かれているのだが……。

「私が食べたパンは八個で、十個も食べていないよ」

「そうだっけ？　でも二個なら……」

「こういう数字はなるべく正確に書いた方がいいと思うよ。記録を残すってそういう事だからね」

「だから日記だと……」

「わかった！」

普段は食事量を気にしていないリースでも、文字で見てしまうと恥ずかしいらしい。付け加えるなら、ちょっとした乙女心……というものだろう。

だが言っている事は間違ってはいないし、カレンもやる気に満ち溢《あふ》れているので、俺は何も言わず見守る事にした。

更に次の日。その日の日記はレウスを中心に書かれていた。

朝起きて一緒に素振りをし、食事を沢山食べ、俺とホクトと模擬戦をしているレウスの姿が書かれており、至って普通なのだが……一つだけ気になる点が見られた。

「なあ、カレン。ここの部分だけど、何でこんなにあっさりしているんだ？」

模擬戦の部分だけは、俺とホクトにボコボコにされたとしか書かれていないのだ。

結果は間違っていないのだが、朝の素振りや食事時の光景は結構細かく書かれているのに、模擬戦の内容だけが妙に簡略されているのである。

「だって、多いから書けないもん」

「多いって、何がだ？」

「えーとね。先生と戦っている時のレウスお兄ちゃんは、ここところを八回、ここを五回叩《たた》かれて、手を変な方向に曲げられたりして十八回は寝ていたよね？」

おそらく俺との模擬戦において、レウスは腕や足といった体のあちこちを殴られ、関節を極《き》められ、地面に叩きつけられた回数を言っているのだろう。

「でね、ホクトの時はこう……手と尻尾でわかんないくらい叩かれてて、三十数えるくらいポンポンとお空を跳んでいたの」

そしてホクトとの模擬戦では、カレンの目では捉えられない速度で前足と尻尾で滅多打ちにされ、更に三十秒くらい人間お手玉をされていた……と言いたいらしい。

「……なるほど。確かにそれは一ページ内で収めるのは難しいな」

「俺、こんなにやられていたのか？　いつも夢中だから、よく覚えていねえんだけど……」

「まあ……間違ってはいないな」

いや、やり過ぎかなと何度も思ってはいるのだが、最近のレウスはどれだけやられても平然と立ち上がるのだ。その根性に応えようとつい熱が入ってしまうというか……とにかく、加減を間違えないように気持ちを改める必要があるかもしれない。

しかし、レウスの頑丈さと根性もだが、カレンの観察力と記憶力も相当なものだ。

前日のリースの助言をしっかりと実行しようとし、今回で必要な部分を取捨選択する事も覚えたようなので、順調に文を書くという事を学んでいるようだ。この学習の早さは、普段からしっかりと意識を持って本を読み込んでいるからだろう。

流れ的に次は俺かフィアかと思っていると、返してもらった日記を大事そうに抱えていたカレンが何か言いたげに笑みを浮かべている事に気付いた。

「ねえねえ。カレンね、書きたい本がわかったの！」

「ん？　ああ、内容の話か。それで、カレンはどんな本を書くんだい？」

「うん！　カレンは先生の本を書いてみたい！」

「俺の本？　つまり、俺から教わった事を纏めるつもりなのか？」

その場合、安易に広めるのは不味《まず》い知識や技術があるので、厳重に確認しなければならないだろう。

しかし詳しく聞いてみたところ、カレンが書きたいのは学術書の類ではなく、俺の記録……人生を本にした娯楽本らしい。

「だって先生は色んな事を知っているし、色んな所へ行っているでしょ？　それにね、みーんな先生が大好きだから、先生の本を書いたら喜んでくれると思うの！」

確かにエミリアたちなら喜びそうな気もするが、本当に俺でいいのだろうか？

俺の人生はかなり特殊な上に、子供へ語るには憚《はばか》られる内容も多いので、ここは止めるべきかもしれないが……。

「それで先生の本を書いたら、お父さんみたいな本も書くの！　あ、ホクトの本も書きたいなぁ」

「……ああ、それも悪くないかもな」

この純粋な笑みを曇らせるだけでなく、明確な目標が出来たカレンの邪魔をするのは俺の主義に反する。

確かに気になる点はあるが、本格的に本を書くのはカレンが心身共に成長してからにし、俺たちが間違った考えをしないように導いてあげればいいのだ。

「じゃあ、本が完成したら最初に読ませてくれよ？」

「うん！」

正直に言えば恥ずかしさもあるが、この子が俺の人生をどんな風に描いてくれるのか楽しみである。

こうして本の題材が決まり、引き続き日記を書きながら執筆に必要な知識を学ぶ日々を送るカレンだが……。

「いいですか。素晴らしい、偉大という言葉を覚えておいて損はありませんよ」

「どういう意味なの？」

「相手を褒め称《たた》える時に使われます。シリウス様の話であれば必ず使われる言葉ですね」

俺が主役になる本となれば黙っていられないのか、すでにエミリアという名の編集者が付いていた。日記の確認だけでなく、暇さえあれば単語や言い回し等をカレンに教えているのである。

「もし行き詰まった時は、シリウス様の背中を御覧なさい。そうすれば自然と言葉が浮かんでくるでしょう」

「先生の背中に何か書かれているの？　何もないけど……」

「見るのではなく、感じるのです！　いずれカレンにも理解出来るでしょう」

放っておいたら俺の美談を描く為《ため》に手が加えられそうな気がするので、エミリアにも目を光らせる必要がありそうだ。

あとがき

皆様、お久しぶりでございます。十三巻を何とか出せたネコでございます。

今回も中々大変でしたが、こうして皆様の下へ届けられて何よりです。

この作品に関わる方々、そして読み続けてくださる多くの皆様へ感謝を。この作品で少しでも楽しんでいただけたら何よりです。

さて……十三巻の内容ですが、これまでと違って話を区切らず、次巻へ続く内容となりました。最初のカレンとホクトの話がなかったとしても、収まらないくらい続きます。

ここまでは『起承転結』の『起』となる部分ですので、戦闘描写が少なめになってしまいましたが、次からは大きく動き出す流れとなります。

多くの陰謀が渦巻く中へ飛び込んだシリウスたちが、どのような困難とぶつかり、解決していくのか？　伏線も含め、今回の内容が皆様の記憶から完全に消えない内に次が出せたらなぁ……と思いつつ、頑張っていきます。

それでは！

OVERLAP

ワールド・ティーチャー
異世界式教育エージェント 13

発　　行　2020年7月25日　初版第一刷発行

著　　者　ネコ光一
発 行 者　永田勝治
発 行 所　株式会社オーバーラップ
〒141-0031　東京都品川区西五反田 7-9-5
校正・DTP　株式会社鷗来堂
印刷・製本　大日本印刷株式会社

Printed in Japan　ISBN 978-4-86554-699-6 C0193